TIE

Tiempos **Irredentos**

Tiempos Irredentos
PRIMERA EDICIÓN 2017

Frío DR © Alberto Chimal; *Eutanasia* DR © Erika Mergruen; *Rottweiler*
DR © Isaí Moreno; *Los Otros* DR © Yuri Herrera; *Preguntas sobre la pro-
pagación del moho* DR © Úrsula Fuentesberain; *Kilimanjaro* DR © Lorea
Canales

DR © *Para muestra basta un botón*, Elena Poniatowska Amor

TRADUCCIONES AL INGLÉS: *Frío, Los Otros, Para muestra basta un botón*
DR © George Henson; *Eutanasia, Rottweiler* DR © Arthur Dixon; *Pregun-
tas sobre la propagación del moho, Kilimanjaro* DR © Sivia Guzmán y José
Armando García

DR © SOBRE ESTA EDICIÓN: Nagari – Katakana editores

EDITOR: Omar Villasana
COORDINADOR DE TRADUCCIONES: George Henson
DISEÑO DE CUBIERTA E INTERIORES: Elisa Orozco
FOTOGRAFÍAS: Mike Vargas

ISBN: 978-0-692-88413-3

Nagari es una publicación de Proyecto SETRA
Nagari / Proyecto SETRA
PO Box 430332
South Miami FL 33243
✉ consejoeditorial@nagarimagazine.com

PROLÓGO
Para muestra basta un botón
ELENA PONIATOWSKA AMOR

~ 7 ~

Frío
ALBERTO CHIMAL

~ 13 ~

Eutanasia
ERIKA MERGRUEN

~ 21 ~

Rottweiler
ISAÍ MORENO

~ 25 ~

Los Otros
YURI HERRERA

~ 32 ~

Preguntas sobre
la propagación del moho
ÚRSULA FUENTESBERAIN

~ 37 ~

Kilimanjaro
LOREA CANALES

~ 44 ~

Los autores

~ 57 ~

Para muestra basta un botón

Este libro reúne seis cuentos de autores mexicanos, la mayoría nacidos entre 1967 y 1972, salvo Úrsula Fuentesberain que nació en 1982. En cada una de las historias prevalece la originalidad y el gozo de la escritura, rasgos que distinguen a los autores, pero también está presente la violencia, móvil de cada uno de los relatos y que fue la consigna bajo la cual mi amigo Omar Villasana –compilador de la edición– convocó a los narradores.

El primer texto, "Frío", de Alberto Chimal es una lección para los aprendices de la escritura en cuanto a la caracterización de los personajes (el retrato de Cosme Valek es exquisito); el final abierto y la chispa humorística que atraviesa el relato de principio a fin lo hacen una digna muestra de la literatura de Alberto Chimal, quien escribe desde el momento en que ganó el premio "Becarios" del Centro Toluqueño de Escritores a los diecisiete años y desde entonces no ha dejado de crear. Aunque cursó una carrera tecnológica (Ingeniería en Sistemas Computacionales) y se graduó con honores, siempre supo que lo suyo eran las letras. Lo conocí un poco gracias a la amistad de Magda Solís una estupenda maestra de literatura que compartió un taller en casa de Alicia Trueba en la que fueron maestros Hugo Hiriart, Rosa Beltrán, Juan Villoro, Agustín Ramos, Raúl Ortíz y

Ortíz, Tatiana Espinasa, Estela Inda y tantos escritores hoy consagrados que también consagraron a alumnos tan distinguidos como Rosa Nissan y Silvia Molina.

En su cuento, Chimal se ríe de la charlatanería, tan común y tan arraigada en una parte de la sociedad que recurre a personajes deplorables como Cosme Valek en busca de soluciones a problemas que van desde un reflujo gástrico hasta un "mal de amores". La violencia que ejercen contra quienes tocan a su puerta quizá no sea directa como lo veremos en otros relatos aquí reunidos sino una menos sangrienta pero no por eso menos criminal: la estafa a la buena fe. Chimal, logra un relato lleno de humor y por momentos de sarcasmo: "Es que Cosme, brincando de contacto en contacto, ya está llegando alto. Ya conoce a amigos de Miguel Ángel –le dice así, nada más, como si no supiéramos que es Miguel Ángel el Mero Mero Secretario, el hombre más poderoso de México– y cualquier día le va a tocar atenderlo. Y luego (claro) seguirá con Enrique". Al tono relajado del texto suma un final que deja frío al narrador pero también al lector. Alberto Chimal es uno de los escritores contemporáneos más prolíficos. A su trabajo con la ficción o mejor dicho, la minificción, debemos sumar su actividad académica y sus múltiples talleres a los que los chavos acuden con entusiasmo febril. Es fácil ver en el metro a jovencitas con las narices pegadas a libros como "Gente del mundo" o "Grey". Él, modesto, declara que es un escritor con "algunos lectores", pero miles de muchachos no opinan lo mismo.

El tratamiento de un tema difícil se condensa en "Eutanasia" de Erika Mergruen junto a una escritura por demás pulida.

La repetición de párrafos para insistir en el estado comatoso de tres personajes es un acierto literario porque el lector le hace frente a la misma situación aunque no al mismo paciente: un niño, una anciana y un hombre. La autora juega acertadamente con la numeración de los cuartos (los mismos números en diferentes posiciones: 657, 576, 756) y da a entender que sus personajes tienen algo en común más allá de su estado vegetativo, quien tendrá que descubrirlo es el lector. Erika Mergruen, ha publicado más de una docena de libros, es colaboradora de "La Jornada Aguascalientes" y una amante de la minificción. En "Eutanasia" logra condensar una violencia de la que poco hablamos: aquella que nos provoca la muerte de los seres queridos.

Isaí Moreno es el autor de "Rottweiler", y como buen profesor de Matemáticas –lo fue antes de optar por la literatura– combina las ecuaciones gramaticales y las raíces cuadradas de los verbos para entregarnos un cuento en el que terminamos amando a Octavito, el pequeño protagonista sordo de un oído y dueño del "Chiquis", el perro que desencadena la tragedia anunciada desde las primeras líneas. Isaí Moreno introduce el tema de la violencia sin llegar al morbo, incluso su desenlace es una muestra de cómo se puede hablar de ella sin caer en lo truculento. La violencia está presente en los sitios menos pensados. ¿Cuántos Octavitos se exponen en los parques y glorietas de nuestro país? ¿Qué hacemos para salvarlos? Isaí Moreno, ganador del Premio Juan Rulfo de Primera Novela (1999) y catedrático en la Universidad Autónoma de la Ciudad de México logra un excelente relato con una historia aparentemente trivial: las aventuras de dos niños en un parque de la colonia Romero Rubio en la Ciudad de México.

"Los otros", de Yuri Herrera, es un ejemplo de la NUEVA buena escritura que practica este autor y que comprobamos en cada una de sus líneas, construidas con esmero y trabajadas sustantivo por sustantivo. Yuri hace honor a la frase aquella de que "la literatura es un diez por ciento de inspiración y un noventa por ciento de transpiración", y lo imagino sudando frente a su computadora, hasta que se le ocurre el sitio exacto para teclear la frase clave de su relato: "Fue mi primera novia. La primera con la que tuve sexo al menos". A partir de ahí el lector asiste a una tragicomedia ante cuyo desenlace no sabe si reír o llorar, al igual que los protagonistas. Yuri Herrera, doctor en Letras por la Universidad de Berkeley, es sin duda uno de los más relevantes narradores del siglo XXI mexicano y aquí nos da una pequeña muestra de su gran capacidad de creación. Lo digo con conocimiento de causa porque lo vi trabajar con pasión en el taller de Alicia Trueba.

En su cuento "Preguntas sobre la propagación del moho" Úrsula Fuentesberain rinde homenaje a una de las tantas tragedias que hemos sufrido los mexicanos: el incendio de la Guardería ABC en Hermosillo, Sonora, en junio de 2009. La narradora –una madre de familia– concentra su violencia en un largo monólogo donde lo que queda claro es que no sólo los niños fueron las víctimas de esta negligencia estatal que hasta la fecha no tiene culpables, sino los padres de familia a los que aún no se les hace justicia después de que 19 funcionarios fueron señalados. La creación de la voz femenina por la que conocemos al padre y al hijo muerto, es una acertada manera de "hurgar" en las heridas que esta tragedia dejó en las familias afectadas. Úrsula Fuentesberain ha sabido ponerse en los zapatos de estas mujeres que sienten que después de la terrible muerte de sus hijos la vida no tiene sentido; sin caer en el melodrama, la autora logra un texto tenso sostenido por una voz narradora que por momentos se quiebra y quiebra al lector. A sus escasos treinta y cuatro años, Úrsula ha publicado un excelente libro de cuentos "Esa membrana finísima" (2014) y sus relatos están recopilados en nueve antologías.

Finalmente leemos a Lorea Canales, autora de las novelas "Apenas Marta" –una de las mejores del año 2011 según el periódico "Reforma"– y "Los perros". Su cuento, "Kilimanjaro" es un juego de sentimientos y traiciones por la violencia que crucifica a nuestro país y la doble moral de la sociedad mexicana. Su título alude a la montaña del mismo nombre ubicada en Tanzania (África Central) y formada por tres volcanes. De esta manera se sugiere el trio (o los tríos) que aparecen en el texto: Luis-Margarita-Miguel, Miguel-Lucía-Margarita. Sin olvidar el erotismo, introduce datos que nos sugieren que la protagonista huye de México por miedo. De quiénes y por qué escapa es lo de menos porque la anécdota que Lorea termina narrando es la personal, aquella que implica las pasiones y tormentos y que –finalmente– es la valiosa porque en ella nos reconocemos. De manera hábil, Lorea Canales recorta los rasgos de una mujer de clase alta en un momento clave de su vida y hace una retrospectiva con la que entramos a un mundo que, si en un principio nos parecía ajeno, al final aceptamos como propio.

Brillante carrera la de esta abogada y escritora residente en Nueva York y quien no pierde de vista los sinsabores de su México natal, tal como lo demuestra su obra.

Bien dice el dicho que para muestra basta un botón, y los seis relatos reunidos son una clara muestra del potencial literario en México y un aliciente para los jóvenes creadores que, sin duda, sabrán descubrir el rigor escondido tras cada una de sus líneas. La mayoría de estos escritores tienen un blog como Úrsula Fuentesberain o Erika Megruen o creen en la "Twitter–literatura" como Alberto Chimal, quien lanzó la idea de escribir un minicuento o una micronovela con 140 caracteres para publicarla en Twitter. Todos se mueven en la red como peces en el agua; son otra generación de escritores que envidio porque han sabido integrarse al mundo que nos rodea.

Esta misma antología se publicará como e-book, término al que todavía no me acostumbro pero me llena de alegría al saber que circulará de web en web y miles de internautas disfrutarán más allá de las fronteras, algo tan necesario en los tiempos actuales cuando algunos se afanan por levantar muros y cerrar puertas. ∎

Elena Poniatowska Amor

ALBERTO CHIMAL

Cosme Valek es su seudónimo. Su nombre de batalla. Su identidad secreta. Quién sabe cómo se llamará de veras. Estoy en su consultorio de paredes blancas y piso blanco. La mesa es blanca; las sillas, blancas. El calendario es prácticamente blanco: la foto del mes es de un gatito blanco y los números de los días son gris clarito. El siguiente mes debe traer una montaña nevada o un vaso de leche.

Cosme es enorme. Trae puesta una camisa blanca y grande como una tienda de campaña. También trae pantalones bombachos blancos y pantuflas blancas. Como además es orejón, diría que se parece a Buda de no ser porque no trae toda la cabeza rapada. De la nuca le sale una trenza negra, larga y delgada como de genio de la lámpara. Es su imagen.

La trenza brilla como si estuviera aceitada y tal vez lo está. El resto de la cabeza brilla también. En los pliegues de la nuca se le acumulan gotitas. Me pregunto si se aceitará también el resto del cuerpo. La panza.

También me pregunto cómo empezó. Lo de que fue al Tíbet a estudiar con el Dalai Lama es pura mentira. En su juventud,

Cosme pudo haber sido estudiante del ICEL o empleado en un Soriana. A lo mejor le decían *El Gordo* o *El Oso* (o a lo mejor hasta *El Buda*) y un día simplemente tuvo su revelación y cambió de vida por completo.

—Ya te dije, la "medicina alternativa" es una mamada —me regaña—. Pura mentira para puro pendejo.

Nunca le habla así a ninguno de sus clientes, obvio. A ellos les habla con suavidad y los convence con palabras *new age*, con la exactitud de sus diagnósticos y con la firmeza que proyecta. Se para a un lado de ellos, hablándoles de la salud y del equilibrio en lugar de caerles encima o romperles un brazo, y la gente se siente aliviada incluso antes de curarse de sus males. También le podrían haber dicho el Ropero. También pudo haber sido madrina o hasta sicario. O policía. A lo mejor un día estaba quemando cadáveres y de pronto vio la luz.

—Cuando te sientas mal, ven —me dice Cosme—. Güey. Ven para acá. Luego, luego. No vayas con nadie más. ¡Si a ustedes no les cobro, cabrón!

La verdad es que ya me había dicho que no nos cobraba. Y no nos cobra: su secretaria, el tipo que le hace la contabilidad, el chofer que lo lleva con los clientes pesados, todos ya me habían contado de sus consultas gratis con Cosme. Es que yo nunca me había animado. Le surto las pastillas homeopáticas, en general me lo brinco y me receto solo (porque también estudié un par de semestres de la carrera en el Poli) y ahora lo quise hacer también. Pensaba que tenía reflujo nada más, por tomar demasiada cerveza y por demasiado estrés.

—¿Cuántos meses dices que llevas teniendo que dormir sentado? —me pregunta Cosme.

—Cuatro.

—No te digo, habías de ser pendejo. ¡Si ustedes son mi familia!

Lo miro desde la silla en la que estoy sentado mientras la panza me quema desde adentro. Realmente es un pinche animalote. También me siento feliz de que no me pegue mientras me habla de fraternidad y solidaridad. Soy de los que más tiempo han trabajado con él. Antes de este consultorio (según) tenía otro en la Merced y de ahí empezó a subir, pero esa primera etapa no duró mucho. Un año o dos. Dicen. Hay gente que jamás pasa de dar filtros de amor o dizque curar el sida en un puestito infecto entre las carnicerías y el basurero de un mercado.

Lo que pasa es que Cosme tiene una "novedad": una característica especial y única. A todos nos dicen que somos especiales, claro, que tenemos nuestra "novedad", pero si fuera verdad los mediocres no existiríamos. Lo de él es cierto.

La novedad no es sólo que Cosme le atina siempre y que todos sus pacientes se alivian. Todos los curanderos y sanadores y demás son infalibles porque la gente quiere creer y les da la razón hasta cuando no la tienen. Es la historia de mi tío Toño: una bruja le había "curado" el cáncer y dos meses después, cuando se moría de cáncer, él juraba y perjuraba que debía ser otro cáncer, no el de la bruja.

No: la novedad de Cosme es cómo examina a la gente.

—¿Traes ropa? —me pregunta. Por un momento no le entiendo y pongo cara— Ropa sudada, güey.

—¡Ah, sí! —antes de venir aquí fui a casa de mi mamá a usar su caminadora. Ella la tiene de tendedero. El ejercicio no se nos da en la familia. Pero pude comprobar que todavía funciona. Con media hora tuve para que el corazón me latiera como ametralladora, las piernas no me sostuvieran y la ropa "de ejercicio" (de hecho es una pijama vieja) quedara totalmente empapada. Mi mamá se ofreció a lavarla. También me preguntó si iba a ir a verla más frecuentemente. Aunque sólo fuera para usar el aparato.

—No y no —le contesté. Me costó arrebatarle la pijama. También me costó salir.

Ahora saco la bolsa de Comercial Mexicana en la que traje la ropa. Se la doy a Cosme. Sigo sentado y sigo cohibido por lo grande que es. Darle la bolsa es como dar una ofrenda en un templo. Podría decir que soy como un sacerdote azteca. Salvo que estamos en este consultorio blanco en la colonia Condesa, yo vengo vestido de mexicano y Cosme de genio de la lámpara.

Cosme va a sacar la ropa de la bolsa. Hace una pausa. Luego cambia de opinión, mete la cabeza en la bolsa y aspira profundamente. Cuando vuelve a levantar la mirada tiene la cara rara, la que todos los esoteristas deben poner para que les crean. Pero él la pone en serio. No está bajo su control. Un ojo se le va para la izquierda. Otro se queda centrado y la pupila se dilata. No sabe cómo describirlo, dice, pero sólo en privado.

A la clientela le dice que así se pone en contacto con las fuerzas del Universo.

Cosme reconoce las enfermedades oliendo el sudor de las personas.

—Hay base científica —nos dice todo el tiempo. También se los dice a los clientes. Parece que es cierto. Cómo apesta el sudor depende de lo que traemos en el cuerpo.

Lo miro desde abajo. Él no me mira. Me pregunto si tiene tetas, como otros tipos gordos. También me pregunto si se las aceita.

Y me pregunto, claro, qué me dirá. El de la contabilidad dice que Cosme no sólo averigua enfermedades. Dice que puede ver el pasado. Y el futuro. Pero el de contabilidad está un poco mal de la cabeza: usa aretes con plumas y en su tiempo libre va y abraza árboles en el Ajusco.

La cara de Cosme se alisa. Sus ojos se entrecierran. Sus labios se estremecen. Su papada también se estremece. Está aceitada (tal vez) y cubierta de pelos pequeñísimos. O no se rasuró esta mañana o le crecen muy rápido.

Ahora abre los ojos. Me mira. Sus narices se ensanchan.

Recuerdo que no me bañé en casa de mi mamá. Cosme se inclina hacia mí y entierra su nariz en mi axila.

Me tenso de inmediato. Creo que tiemblo un poco. Este contacto cercano no es tan raro. Algunas veces necesita precisar el diagnóstico, dice él. Lo tiene que hacer con uno de cada diez o doce pacientes. Es como recoger más datos, dice, desde más cerca. La secretaria me contó que tuvo que hacerlo con un cliente pesado. No me dijo quién pero debe haber sido *muy* pesado.

—Los garuras se ponen locos cuando pasa eso —me dijo. Yo me pregunto si el cliente habrá sido Rafael el Subsecretario. O Carmelo el Vicealmirante. O algún mirrey o alguna lady. Esos son los peores.

Es que Cosme, brincando de contacto en contacto, ya está llegando alto. Ya conoce a amigos de Miguel Ángel —le dice así, nada más, como si no supiéramos que es Miguel Ángel el Mero Mero Secretario, el hombre más poderoso de México— y cualquier día le va a tocar atenderlo. Y luego (claro) seguirá con Enrique. Y luego se mudará a un consultorio todavía más grande y blanco en una zona de más calidad. Y luego se deshará de todos los que somos sus amigos ahora para conseguirse otros de más calidad.

Estos pensamientos amargos se me vienen a la cabeza porque Cosme no quita su cara de mi axila.

La quita.

La pone en mi entrepierna.

Lo siento aspirar el aire. Cierro los ojos. Me pongo a pensar en algo más que me dijo el contador. Que hay personas con poderes entre nosotros. Unas pocas. Tristes casos. Un día tienen la revelación y Dios las bendice. Les da poder. Los manda a usar ese poder para el bien. No hay opción. Pero... Triste caso. Dios las bendice y las manda, pero además tienen que esconderse. No deben revelar su bendición. Deben fingir que son estafadores mientras hacen el bien. Tristes, tristes casos. Si revelaran todo su poder, los otros —los falsos profetas, los matasanos, los políticos— los odiarían y harían lo posible por destruirlos.

Triste caso.

—Ay —me dice Cosme ahora. Acaba de quitar su cara de mi entrepierna—. A veces sí es muy humillante. Esto —y luego: —Espero que no te haya molestado demasiado a ti.

Yo me relajo en la silla. Un poco.

Él me dice que sí, al final sí es reflujo, pero un reflujo cabrón. Tengo que tomar Almax e ir al doctor.

(Eso es parte también de la novedad de Cosme. Debe ser el único sanador en el mundo que de vez en vez manda a sus pacientes al doctor. Cuando el doctor es la mejor opción. Dice.)

—Yo puedo ver más cosas —dice— aparte de cómo tienes el estómago. Pinche atascado.

—¿Eh?

—Veo parte de tu pasado, de quién eres y de tu futuro —me doy cuenta de que todavía tiene un ojo un poco desviado y dilatado—. Te puedo decir más. ¿Te digo?

Todavía no me termino de relajar. Esto es muy humillante.

—¿Como qué? —pregunto.

—Sé cuándo te vas a morir. No es pronto. Ni hoy ni mañana. Ni pasado. Van a ser años. Pero sí va a pasar. Obvio. ¿Te digo?

—¡No!

Cosme parpadea. Su ojo está volviendo a la normalidad.

—Siempre me dicen lo mismo —se queja—. Nadie quiere saber —vuelve a parpadear—. Pero hay algo que sí te tengo que decir.

Por fin me estoy relajando de verdad. Doblo los brazos y los apoyo en la silla.

—A ver, cómo te digo… Uno: tu mamá siempre ha sabido y no tiene problema. Dos: la verdad es que es muy halagador, pero… no, güey. Me gustan las viejas. Y no serías mi tipo. Mejor te digo. Me gustan las gordas.

Me empieza a dar mucho. Mucho. Mucho. Frío. Estoy en las montañas del calendario. Las que no he visto aún. Me acuerdo de muchos momentos. Pienso en su espalda. Ancha y blanda espalda. ¿Tendrá aceitada la espalda?

—Tú sí ya sabías, ¿verdad, güey? —pregunta Cosme. Entiendo que está realmente preocupado por mí.

También entiendo que ha llegado mi revelación. ∎

Eutanasia

ERIKA MERGRUEN

Cuarto 657. PRIMER PISO

Cuando estoy a tu lado, observo tus párpados. A veces los presiono, amorosamente, con el dedo índice de mi mano derecha. Espero que abras sorprendido tus ojos, así veré cómo se dilatan tus pupilas al escuchar el ronroneo de las máquinas que te rodean. Y me alegraré, y te contaré aquel cuento del gato que aparecía y se esfumaba en un país imaginado.

Cuando estoy lejos, tus párpados me acompañan. Los descubro en las orejas de tu oso de felpa, en la corteza del pan y en las figuras atrapadas en los mosaicos de la regadera. Entonces se me atora en la garganta la certeza de que nunca se abrirán. Si estoy en casa, salgo; y si estoy afuera, entro. Busco en los árboles, en el rojo del semáforo, en el parabrisas de un coche, en la taza del escurridor y en el espejo de la sala, al gato sonriente que me indique dónde está la salida.

Cuando estoy a tu lado, observo tus párpados mientras imagino cómo era tu voz: tus gritos cuando te prohibía comer golosinas antes de la merienda, tus risotadas cuando los payasos del circo se apaleaban con bates de esponja, tus murmullos cuando describías al monstruo que acechaba bajo tu cama.

Pero tu voz, conforme pasan los días, pertenece cada vez más al país imaginado. En el cuarto sólo se escucha el estúpido ronroneo de las máquinas.

Abro tus párpados con mis pulgares. Busco en tus globos oculares el camino para que logres regresar. Te llamo por tu nombre, Daniel, y en vano espero tu manoteo.

Tu cuerpo lacio, pequeño, no responde. Tus ojos se entornan hasta quedarse en blanco. Las máquinas guardan silencio. Ahora el ronroneo proviene del gato sonriente que se acurruca sobre tu almohada pulcra de hospital.

Cuarto 576. SEGUNDO PISO

Cuando estoy a tu lado, observo tus párpados. A veces los presiono, suavemente, con el dedo índice de mi mano derecha. Espero que abras sorprendido tus ojos, así veré cómo se dilatan tus pupilas al escuchar el ronroneo de las máquinas que te rodean. Y te tranquilizaré, y te contaré aquel cuento del gato que aparecía y se esfumaba en un país imaginado.

Cuando estoy lejos, tus párpados me siguen. Los descubro en los ovillos de tu tejido, en las cuentas del rosario y en las figuras atrapadas en los mosaicos de la regadera. Entonces se me atora en la garganta la incertidumbre de si algún día se abrirán. Si estoy en casa, salgo; y si estoy afuera, entro. Busco en los árboles, en el rojo del semáforo, en el parabrisas de un coche, en la taza del escurridor y en el espejo de la sala, al gato sonriente que me indique dónde está la salida.

Cuando estoy a tu lado, observo tus párpados mientras imagino cómo era tu voz: tus gritos cuando alguien derramaba algo colorido sobre la alfombra blanca, tus risotadas cuando los niños no atinaban a darle a la piñata, tus murmullos cuando el cura elevaba al Santísimo sobre el altar. Pero tu voz, conforme pasan los días, pertenece cada vez más al país imaginado. En el cuarto sólo se escucha el ronroneo monótono de las máquinas.

Abro tus párpados con mis pulgares. Busco en tus globos oculares el camino para que encuentres la paz. Te llamo por tu nombre, Margarita, y en vano espero tu manoteo.

Tu cuerpo lacio, marchito, no responde. Tus ojos se entornan hasta quedarse en blanco. Las máquinas guardan silencio. Ahora el ronroneo proviene del gato sonriente que se acurruca sobre tu almohada pulcra de hospital.

Cuarto 756. TERCER PISO

Cuando estoy a tu lado, observo tus párpados. A veces los presiono con el dedo índice de mi mano izquierda. Espero que abras sorprendido tus ojos, así veré cómo se dilatan tus pupilas al escuchar el ronroneo de las máquinas que te rodean. Y me resignaré, y me acordaré de aquel cuento del gato que aparecía y se esfumaba en un país imaginado.

Cuando estoy lejos, tus párpados me persiguen. Los descubro en los pliegues de nuestra cama, en los ojales de tu camisa y en las figuras atrapadas en los mosaicos de la regadera. Entonces se me atora en la garganta la certeza de que algún día se abrirán. Si estoy en casa, salgo; y si estoy afuera, entro. Busco en los árboles, en el rojo del semáforo, en el parabrisas de un coche, en la taza del escurridor y en el espejo de la sala, al gato sonriente que me indique dónde está la salida.

Cuando estoy a tu lado, observo tus párpados mientras imagino cómo era tu voz: tus gritos cuando regresabas ebrio de tus parrandas, tus risotadas cuando atemorizabas a los hijos con un coscorrón, tus murmullos cuando me decías que te avergonzaba ante tu familia. Pero tu voz, conforme pasan los días, pertenece cada vez más al país imaginado. En el cuarto sólo se escucha el ronroneo apacible de las máquinas.

Abro tus párpados con mis pulgares. Busco en tus globos oculares el camino para que no regreses jamás. Te llamo por tu nombre, Fernando, y en vano espero tu manoteo.

Tu cuerpo lacio, robusto, no responde. Tus ojos se entornan hasta quedarse en blanco. Las máquinas guardan silencio. Ahora el ronroneo proviene del gato sonriente que se acurruca sobre tu almohada pulcra de hospital.

Anfiteatro. SÓTANO

PRIMER PISO: Álvarez, Daniel. Sexo: masculino. Edad: 5 años 3 meses. Causas de defunción: debido a traumatismo múltiple como consecuencia de accidente vial. El fallecido presentaba estado comatoso desde hacía tres meses.

SEGUNDO PISO: Mújica, Margarita. Sexo: femenino. Edad: 81 años 10 meses. Causas de defunción: debido a metástasis pulmonar. La fallecida presentó cáncer en el colón un año atrás.

Tercer piso: De los Monteros, Fernando. Sexo: masculino. Edad: 39 años 1 mes. Causas de defunción: a consecuencia de coma hiperosmolar hiperglicémico diabético. El fallecido fue diagnosticado con diabetes mellitus 3 años atrás. ∎

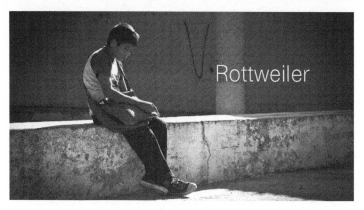

Rottweiler

ISAÍ MORENO

La gente de la calle Transval se pregunta por qué Octavito no puede oír del lado izquierdo. Ven, Octavito —lo llaman—, y él sólo puede escucharlos si se le colocan por el lado sano. Si supieran que fue mudo también tres días, incluidas sus noches de zozobra en que se revolvió bajo las sábanas en una pesadilla continua de la que lo arrancaron sus padres... En realidad ya pocos hablan del asunto, y eso libera a Octavito o a su hermana mayor Ani de inventar explicaciones.

Fueron esos días de calor extremo, ése que destiñe sin distingo la clorofila de las hojas en árboles y arbustos, debilita el ánimo, nos va matando mientras el planeta cruza la constelación del Can Mayor: los días de canícula que a casi nadie traen bien. Lo sabe todo mundo, por ese amodorramiento en que se sume la colonia, envenena Transval, la Romero Rubio completa, atravesando Oceanía hasta tomar su desvío en las inmediaciones del Peñón, allá donde Octavito tiene enterrado a su hermano gemelo.

Ani, Octavito, sus padres, solían pasear en la glorieta África. Allí Jericó y Asia y Africa forman un triángulo isósceles con la glorieta en el vértice superior. En medio de la glorieta, el parque. Al centro, la pequeña biblioteca. Y las resbaladillas, el sube y baja destartalado que ahora pocos utilizan. Antes era distinto: de más pequeños Octavito y su hermana patinaban ahí, hasta la rotura de la pierna de Ani. Luego iban a pasear al Chiquis, que una vez sin cadena agitaba su pelambre blanco —como algodón cuando era bañado— y echaba a correr en círculos, igual que los coches rodeando la glorieta. Pura gente buena en el parque, con niños más pequeños en el saltarín, globos que a veces se desprendían de sus manos aún torpes alegrando con sus colores el trozo de cielo que cubre la glorieta. Hasta que del Peñón se dejaron aparecer los dos sujetos aquellos, uno robusto y alto, el otro de estatura pequeña y más macizo. Morenos ambos. Nadie los conocía. Creyeron favorable el parque África para pasear ellos también a sus perros. Si es cierto que perros y amos se asemejan, podía corroborarse en el caso de esos dos que hicieron de la glorieta territorio de sus dominios, porque el rottweiler que cada uno sujetaba de su cadena era robusto, y correoso y chato, de cabeza enorme. Octavito y Ani no contaron a su padres que el parque África empezó a quedarse vacío, se le veía triste por las tardes. En ese extremo del parque los fulanos, mirando. De éste, Ani y Octavito con el Chiquis. Vaya desafío. Al llegar los invasores, lo usual empezó a ser que los padres recogiesen a los hijos, a sus propios perros. Ladraban desafiantes los rottweiler. Los pequeños continuaron yendo, quizá por inercia, o por el calor que impide pensar bien. Iban. ¿Y quién decía algo? Los perros oscuros de los hombres orinaron por todo el parque. Quién era el Chiquis, tan pequeño, para entender la marca territorial. Sólo Octavito arrugaba la cara al ver, al otro extremo, a los perros babeando, con la mirada enrojecida en dirección del Chiquis. Eso no se hace, fruncir el ceño ante los extraños.

Octavito recordó el día en que su abuela —en paz descanse ahora— lo llevó a la compra del recaudo y el petróleo para la estufa. Las calles estaban desiertas. Van a venir los del Peñón, decía la gente. Repliéguense en sus casas. No salgan. La abuela necesitaba petróleo. Octavito iba a su lado, ya de regreso a casa. En la esquina, los pandilleros: de aquélla y esta colonia. Piedras en sus manos, palos, cadenas. Pero hicieron una pausa. Pásele, señora. Ellos mirando con deferencia. Y la abuela dijo a Octavito que nada iba a pasar. Ven, precioso. Ahora ya no se respetaba a viejos y niños. Un par de veces pasó Octavito de la mano de su madre por la glorieta rumbo al mercado, y no mencionó nada de los forasteros. De regreso, por Damasco para llegar a Transval, compraban en la panadera de la tía Elia pan dulce, recién salido del horno. Comerlo con leche es uno de los grandes placeres de la Romero Rubio. Muchos van de los barrios vecinos a comprar ese pan hojaldrado, o se conforman con probar los trozos de muestra en las charolas junto a las cajas: no empalaga, su sabor permanece en el paladar hasta el día siguiente.

Sólo a Ani confesó Octavito que sus sueños comenzaron a ser trastocados por los rottweilwer. Lo perseguían por la noche, con los hocicos babeantes. Ani le decía que era su imaginación. No iban a dejar de ir al parque por eso. Imagina, cómo privar al Chiquis de sus paseos... ¿Dónde más podrían llevarlo entonces? ¿Al otro lado de Oceanía, sórdido y peligroso? No seas miedoso, Octavio. Si Ani hablaba así, era porque niñas como ella, que a veces visten como una muchachita, y empiezan a atraer las miradas de los púberes de la colonia, no temen a cualquier cosa. Luego de romperse la pierna y permanecer enyesada tres meses volvió a ponerse los patines. Octavito no volvió a patinar. Ella regresó a la carga, en la glorieta, hasta que el padre le acomodó tremendo regaño. De modo que una jovencita dispuesta a romperse la otra pierna, o la misma, no se anda amargando la vida con pensamientos pesimistas. Los individuos ocupaban su lado del parque y ella y su hermano el que les correspondía, en silencio. De este extremo el Chiquis.

Del otro los rottweiler.

Octavito, en consecuencia, guardó silencio. Se quedó las pesadillas para sí: uno de los rottweiler le daba alcance en la orilla de la cama, hasta donde su carrera en aparatosa huida le permitía llegar. Otras ocasiones, el animal le trepaba en el cuerpo mientras dormía. Aún le queda la imagen del perro de los sueños. El can olfatea minuciosamente su rostro. Lo escruta. Su aliento apesta. El peso de la bestia le aplasta el esternón, no puede respirar, hasta que sudoroso se despierta y ahoga su grito para que no le llamen miedoso, paranoico. Incluso olvidó las lecciones de la escuela.

Dos días antes del incidente que llenó de clamor, de enrarecimiento a la colonia, e hizo regulares los operativos y patrullajes en la zona, Octavito creyó notar que uno de los individuos miraba con interés en dirección de Ani. O era al Chiquis, cuya cadena sostenía la hermana. Lo que fuese, no era un gesto de gente amiga. Es más, estuvo seguro de ver que el hombre, ahora más embarnecido, y por tanto más tosco y grosero, aflojaba la cadena al rottweiler. Algo debió susurrar a su acompañante, que miró también en dirección de ellos. Claro que sí, hablaban de ellos. Los perros como el Chiquis son nerviosos e insistentes. No se arredran ante animal de ningún tamaño e ignoran cómo medir el peligro, de modo que el animalito gruñía a los dogos asesinos. Ani se concentró en calmar al perrito. ¿Qué te pasa hoy, Chiquis? Cálmate, pequeñito. Para ese entonces, el parque no era más frecuentado por las tardes. Las patrullas pasaban de largo. Octavito había decidido oponerse a que llevasen al Chiquis más ahí. Ya no. La lluvia del día que siguió impidió que salieran al horror. Se concentraron en sus tareas. Él en los horribles quebrados. Ella en ortografía.

El día innominable, por falta de palabras en su boca mientras iban por Damasco a la glorieta, evitó suplicar a Ani que olvidasen el paseo. Era preferible, pensó, que ella viera lo suspicaz, lo sospechoso y sucio en la mirada del hombre mayor para convencerse de que era mejor no volver, al menos durante un tiempo, en lo que alguien avisaba a los policías lo insoportable del asunto. Siguieron caminado. Atravesaron con cuidado la glorieta, cuidándose de los coches indolentes conducidos por gente vacía, de ojeras, rostros atarantados por el sol. Octavito mirando en busca de los maleantes. Al frente no divisó nada. Tampoco a la derecha, pero sí del lado de su oído aún sano, y más cerca de ellos de lo que habría pensado. Quizá atravesaron simultáneo, por África, mientras ellos venían por Damasco. O iban. El más alto se sonrió. En su mano la cadena floja del rottweiler. Y el Chiquis gruñó con imprudencia. Octavito hubiera querido atarle el hocico con su pañuelo. Que no ladrase, rogó. Seguía gruñendo. El otro, se divirtió, mirando cómo su bestia jalaba la cadena. Su acompañante reía cuando ambos se miraron. ¿Y Ani?: sosteniendo la cadena del Chiquis. No temerosa, alerta. Un ladrido de rottweiler no supera una pierna rota. Una risa obscena, tampoco, por más que parezca lo contrario. Octavito fue el que percibió lo inevitable. El acto de soltar la cadena a uno de los rottweiler, cabezón y de ojos inyectados de bermejo, atento *depredadoramente* a su Chiquis. Un helor recorrió sus piernas y muslos, el estómago tenía un hueco. Todavía escuchó bien del lado izquierdo. Ya estaba suelto el animal, el Chiquis jalándose de la cadena, inconsciente de lo que implicaba aquello. Horror. Horroroso. Canícula arriba. Entonces Ani, por acto protector, sin paralizarse como su hermano, se agachó, tomó entre los brazos al perrito y lo sostuvo ante ellos. Shhht, le susurró, no pasa nada, Chiquis. El rottweiler vaciló. Octavito tuvo tiempo de admirarse por lo que hizo la hermana, bastante inteligente, a la vez que lo azotó la certeza de que el animal saltaría hacia ella, o ambos, todo junto, antes de escuchar por última vez con el oído izquierdo. Primero la detonación sorda, como de cohetón o paloma de pólvora, seguida de dos. Muy fuertes. Eran disparos de no supieron quién a los hombres esos, que trataron sin éxito de correr. Los rottweiler huyeron al sonido de las descargas. El Chiquis… pobre Chiquis, fue Ani quien sintió el estremecimiento del Chiquis en sus brazos, como si hubiese sufrido una descarga repentina. Chilló. Ella no dejó de sostenerlo, ni a Octavito, que se llevaba la mano al oído y luego la retiraba con sangre.

Las percusiones de arma de fuego llegaron hasta Transval, por la calle Oceanía hubo también estremecimiento, hasta las inmediaciones del Peñón, al Oeste.

Tres días, sí. Tres días sin voz, Octavito, para explicar a los que le preguntaban por lo ocurrido. Gente de uniforme azul. Gente con grabadora en mano. ¿Quiénes dispararon? ¿Sabías por qué? Tú eras el más cercano a los hechos, chiquillo. De todos modos no habría respondido, porque le preguntaron desde el lado del oído sordo. A su derecha escuchó suspirar al Chiquis, dormido sobre la alfombra. ∎

Los otros

YURI HERRERA

Camino del trabajo vi por primera vez al hombre terrible: a tres patas sobre el suelo, la cuarta empuñaba una herramienta. No podía distinguir sus facciones porque al fin del cuello emergía una cascada de barba y greña que ocultaba su rostro y a la vez aquello sobre lo que se denodaba. Pasé de nuevo a su lado a la hora del almuerzo, el sol ya se dejaba venir en caída libre, mas el hombre persistía sin reparar en la delta de peatones a sus lados. Alcancé a mirarle un retazo de frente, sudaba.

A un costado de la plaza estaba la oficina a la que tuve que acudir a media tarde. Clara ya estaba ahí, estrujándose las falanges y sonriendo con una sonrisa pequeña y temblorosa. A última hora le habían entrado los nervios. Todo este tiempo había estado tranquila, desde que decidió hacerse ella también el examen el día que acompañó a una amiga con malos presagios, hasta que a las puertas del lugar finalmente se hizo la pregunta: *¿y si sí? ¿y si sí tenía de qué preocuparse? ¿y si el examen salía positivo? ¿y si ésta era su hora?*

Fue mi primera novia. La primera con la que tuve sexo al menos. A mí no me había pasado por la cabeza que nada pudiera salir mal, así es que asumí el papel de hombre de mundo, sólido, imperturbable, experimentado, machín, y le dije:

—No te preocupes, cachito, mira, vamos a hacer memoria y ya verás que no hay de qué preocuparse.

Me miró destanteada. A qué me refería.

—Acuérdate de la persona con la que estuviste —"o las personas" añadí como por mera formalidad, generoso—, piensa si hay algo que te saque de onda, seguro que no.

Me contempló de nuevo sorprendida, parpadeando, y luego, sin mover los ojos, miró hacia adentro. Me volví hacia la plaza mientras Clara consideraba su pretérito. El hombre terrible aplicaba su herramienta con golpes secos sobre un tronco. Pude advertir que tenía varios troncos más, gruesos y largos como un brazo, y que su herramienta era menos que un hacha, una especie de piedra afilada.

—A ver —dijo Clara—... Tal vez... No, mejor empiezo desde el principio.

Sacó de su bolso una pluma y extendió un periódico sobre la banca en la que estábamos. Se veía tensa, Clara; le acaricié una mejilla y dije Tranquila, cachito.

—Bueno, primero, obviamente... —dijo, y anotó unas iniciales en un margen del periódico. *ECJ*.

Su primer novio. No sé por qué, pero me dio ternura.

Dubitativa, apuntó *MAH* debajo de aquellas, las tachó, escribió *LCH* y dijo sí. Se quedó pensando unos segundos, el extremo de la pluma entre los dientes, y luego apuntó, de un golpe:

ABS

NCC

DFT

RCV

JMP

Escribió *UMM* al lado de la tercera y la cuarta y dibujó un corchete muy elegante para indicar que esas iniciales iban ahí, que era importante que fueran ahí. Así: *UMM!}*

Luego pareció olvidarse de que yo la acompañaba; en realidad pareció olvidarse por completo del objetivo de aquel ejercicio de memoria porque la luz le volvió a la cara y empezó a divertirse. Decía:

—El de la fiesta de Imanol, el calvo ¿cómo se llamaba?... ah, sí —y escribía iniciales de vago aire extranjero: *KW*, o que espinosamente parecían coincidir con las de un conocido mío: *LRB*.

Y también:

—Aquel del festival de reggae, el apellido era... sí, ¿pero su nombre...? —y apuntaba: *¿D?R*

En un par de ocasiones puso una sola letra con una acotación al lado, por ejemplo: *A (el amigo de Sandra)*.

Al llegar a la inicial número veintitrés recordó que yo estaba ahí, levantó la pluma y dijo:

—Ay, me da pena contigo —cerró el periódico y lo guardó—, además no sé nada, mejor vamos a esperar.

Eso hicimos, en silencio. Yo quería decir algo pero no sabía qué podía opinar que no resultara patético. Además, de súbito, me había entrado una sensación de fragilidad que temía me derrumbara. Y esta imagen: mi cuerpo como una bomba, mis venas un conducto de algún líquido maldito, yo todo una cosa de la que había que alejarse. Alfileres, agujas, pinchos reventándome. Una mano me comenzó a temblar y la metí en el bolsillo del pantalón.

—Ya es la hora de mi cita —dijo Clara.

Respondí "Vamos", lo intenté al menos, entramos a la oficina, la acompañé hasta el consultorio donde la aguardaban, pasó, me senté en la sala de espera; sin embargo me resultó insoportable quedarme ahí, con todas esas otras bombas humanas, con todos esos muchachitos y muchachitas comiéndose las uñas. Huí a la plaza.

El hombre terrible estaba de rodillas pero con el cuerpo erguido. Había tallado los troncos con formas angulares y profundas y los había unido en algo que era una tercia de cruces o un arsenal de estacas. Agarraba su objeto y lo golpeaba con fuerza contra el suelo para que embonaran los troncos. Jadeaba, rugía al azotarlo. Los caminantes seguían sin hacerle caso. Finalmente dejó de esforzarse y recargó su frente en el objeto. Se puso de pie, trastabilleó y oteó a su alrededor. Pude verlo: tenía ojos casi transparentes y una mancha continental en el pómulo derecho. Detuvo su mirada en un punto en el que nada sucedía y se dirigió hacia allá. Antes de que alcanzara el filo de la plaza un auto se detuvo exactamente en ese lugar. Un sujeto de traje sastre y gafas oscuras se apeó y el hombre terrible se le acercó como si le fuera a entregar algo, pero en vez de eso levantó su objeto terrible y lo dejó caer sobre el cuello del sujeto.

—¿Todavía estás vivo? —escuché a mis espaldas.

Clara. Clara con una sonrisa enorme y carnosa.

—Por supuesto que no había nada de qué preocuparse, tontito —dijo, y se me pegó—. ¿Qué pasa ahí?

Un pequeño tumulto rodeaba el lugar donde se habían encontrado el sujeto y el hombre. No se distinguía nada, pero aún alcancé a ver, por encima de las cabezas curiosas, el objeto del hombre terrible alzarse ensangrentado, el brillo rojo de sus puntas. ∎

Relato publicado originalmente en la revista literaria *El Perro*

Preguntas sobre
la propagación del moho

ÚRSULA FUENTESBERAIN

Estudio las manchas de humedad en el plafón. Son negras. Culebrean como trazos de humo.

Acostada aquí en nuestra cama, viendo al techo, encuentro la silueta de un bebito que me recuerda a Daher. No está en su cuna mi niño. ¿Lo llevaste a la guardería? ¿Y tú, Omar, por qué saliste tan temprano al banco? ¿Para no molestarme? ¿Y si te contara todo lo que hago en vez de escribir la tesis mientras espero a que Daher y tú regresen?

Acomodo nuestros discos en orden alfabético. Arrolladora Banda El Limón, Banda Machos, B.B. King, Cole Porter, El Recodo, Elvis Presley, Frank Sinatra.

¿Te acuerdas que cuando cumplimos un mes de novios te grabé un casete con mis canciones preferidas? Tú quisiste saber por qué escuchaba pura música gringa para ruquitos. Yo te conté que cuando tenía doce años pasé el verano en Tucson, en la cocina del *diner* donde trabajaba mi abuela mientras mi mamá se iba a pizcar limones y clementinas al norte de Arizona. Ahí, sentada en esos bancos verde pistache, escuché por primera vez "Unforgettable", "Fly Me To The Moon" y "Always On My Mind". Mi Abi me daba veinticinco centavos diarios para echárselos a las rocolas individuales que tenía cada taburete y yo sacaba mi diccionario inglés-español para escoger tres canciones con palabras que no conociera.

Cuando Daher andaba inquieto, me pegaba los audífonos a la panza y le ponía "The Tennessee Waltz", "Blueberry Hill", "What Difference A Day Makes" o cualquier otra canción de Tony Bennett de esas tranquilitas. A ti te entraban los celos porque te hubiera gustado ponerle alguno de tus discos, pero ni la banda ni las cumbias sirven para arrullar bebés. Confesabas que te daba miedo que la gente lo tachara de maricón cuando lo escucharan cantando música en inglés para ñores. Yo te decía que estaría bien que nuestro hijo tuviera gustos diferentes a los de la gente de Hermosillo, que por eso le habíamos puesto Daher: el punto más alto de la montaña, el que sobresale.

Sigo ordenando discos: Intocable, Joan Sebastian, Johnny Cash, La Sonora Santanera, Nina Simone.

Ahora, que ustedes no están, el tiempo es otro.

Percibo sonidos que nunca había escuchado en el edificio: cucharas que revuelven el azúcar en las tazas de café, el papaloteo de la ropa tendida en la azotea, manos que pelan verduras, dedos que tamborilean sobre una mesa de formica, una boquita que balbucea, el suspiro de un refrigerador, la familia de murciélagos que extiende sus alas y sale disparada hacia el crepúsculo desde la cornisa de nuestra ventana.

La primera vez que vi a los murciélagos te pedí que los mataras. Te dije que no eran más que ratones con alas y que nadie los extrañaría. Tú me llevaste nuevamente a la ventana y me enseñaste cómo cazaban insectos. La gente de mi pueblo dice que los murciélagos son guardianes y que no sólo comen bichos sino ánimas, por eso hay que respetarlos, me explicaste e hiciste un huequito entre tu pecho y tu brazo para que me acurrucara junto a ti. Sus cuerpos oscuros trazaban ochos y zetas y otros signos indescifrables en las nubes moradas. Al ocultarse el sol, dejamos de verlos. Tu abriste la ventana y me dijiste que parara la oreja. Yo sabía que los murciélagos emiten ultrasonidos y que utilizan una especie de sonar para ubicarse y detectar sus presas en la oscuridad, pero nunca me hubiera imaginado lo que oí cuando asomé la cabeza por la ventana; sus chasquidos eran como senderos invisibles.

Tomo un baño. Abro sólo el agua caliente. Me gusta voltear al espejo y encontrar sólo bruma de agua.

Me masturbo con rabia. Nunca puedo venirme.

Escucho ese disco donde Nat King Cole canta en español. Mi Abi lo tenía puesto la primera vez que fuiste a ver televisión a mi casa. Esa vez, trataste de plantarme un beso, pero me quité. Te dije espérame tantito. Necesitaba que mi cerebro grabara ese momento a la perfección, apoyé la cabeza en tu hombro. Y fui yo la que te besé después de un rato.

¿Sabes qué fuerzas se activan cuando dos bocas entran en contacto?

Después de que una persona muere, el calor corporal cae un grado Celsius por hora hasta alcanzar temperatura ambiente. Entonces empieza la descomposición. ¿Pero qué sucede con un cuerpo en llamas? ¿Cuánto le toma a un cuerpecito de doce kilos desintegrarse en un cuarto que está a setecientos grados centígrados? ¿Cuánto a cuarenta y nueve cuerpos igual de chiquitos?

Odias que te haga preguntas que no sabes contestar, pero desde chiquita soy así. Cuando tenía ocho años, machaqué a mi Abi hasta que me compró *El almanaque de las cien mil respuestas*. Ahí aprendí por qué los judíos marcaban sus casas con sangre de cordero, de qué está compuesto el monóxido de carbono, quién fue Herodes y cuánto tarda una persona en desmayarse ante un dolor extremo.

Estás perdiendo el tiempo, pensando, pensando, canta Nat. Su lengua rueda las erres en cámara lenta, como una ola hecha de lava.

Me subo al librero, al mueble de la tele y a las repisas del juguetero. ¿Si dibujáramos el algoritmo para calcular la entropía que actúa sobre nuestro techo, crees que los trazos se parecerían a los de la borra de café en donde viste que estaba embarazada de Daher? ¿Cómo se extendería el fuego si las cortinas se incendiaran? ¿Qué longitud habrán tenido las primeras llamas que se colaron por el toldo de la guardería?

Perchada aquí, sobre la alacena, observo las manchas de humedad en el plafón de la cocina. ¿Existirá una fórmula matemática para predecir la propagación del moho?

Me pongo ese vestido verde que tanto te gusta. Me lo quito y me lo vuelvo a poner, sólo para sentirlo contra mi piel. Apenas percibo su caricia satinada. Extraño tus manos.

Preparo café. No para tomármelo sino para ver su vaho en la penumbra. Mis libros de la universidad explican cómo hizo Joule para determinar que el equivalente mecánico de mil calorías son 4,180 joules. La queloniomancia no aparece en mis libros pero sí en internet, y asegura que si al echar el caparazón de una tortuga al fuego aparecen manchas puntiagudas, un ser querido te va a dejar.

Mis maestros dicen que para un químico las únicas respuestas válidas deben ser las que arrojan sus muestras de laboratorio, pero a mí me parece que el origen de una explicación es irrelevante.

Busco mis pastillas. Revuelvo cajones, vacío armarios, reviso bajo los muebles y entre los libros. ¡Carajo, Omar! ¿Otra vez las tiraste al escusado?

Rompo toda la vajilla. Me emputa que no entiendas que ellas me ayudan a no necesitar respuestas.

Miro tu rostro aterrado cuando cruzas el umbral. Me echo a tus pies. Te digo Omar, ¿dónde está mi bebé?, ¿ahora sí ya llegó al hospital? ¿por qué fue uno de los últimos niños que rescataron de la guardería?, ¿quién lo encontró? ¿lo sacaron por el boquete que hizo uno de los papás con su *pick-up*?, ¿y si nos equivocamos?, ¿estás seguro de que ése era su cuerpo?, ¿y si bajo la lápida que dice Daher Omar Valenzuela Contreras está un chiquito que no es nuestro hijo?

Tú recoges platos rotos sin mirarme. Una vez que el piso está limpio, empacas tus cosas.

Te observo mientras duermes en el cuarto de Daher, en la cama que le compramos para cuando dejara la cuna. ¿Por qué no duermes en nuestra cama? ¿Ves mi cuerpo, ahogado en un mar de vómito y pastillas blancas?

Trataste de despertarme. Me sacudiste, limpiaste el vómito, soplaste en mi boca, le diste compresiones a mi pecho. ¿Cuándo te diste cuenta de que ya no estaba ahí?

Deshago tus maletas. Regreso cuidadosamente cada corbata a su lugar en nuestro clóset, cada camisa a su gancho. ¿Sabías que dos sistemas aislados pueden permanecer en equilibrio térmico al ponerse en contacto siempre y cuando "contacto" signifique intercambio de calor, pero no de partículas?

Cuando despiertas y ves lo que hice, caes al piso, te haces bolita y lloras. Te abrazo, pero tú te estremeces y te alejas de un brinco. ¿Para qué me quieres aquí si ya te fuiste? ¡Ya no me quedan lágrimas para los muertos! me gritas. Te levantas, sacas todos tus documentos del escritorio y te vas sin mirar atrás.

Araño la puerta que azotas al salir. Aúllo tu nombre. Te maldigo. Clavo los dientes en los marcos de las puertas. Tomo las tijeras y reduzco las sábanas a jirones. Desmenuzo las almohadas hasta que son puro borra blanco.

Pongo el disco de Nat King Cole y me enfundo en el vestido. Cuando mi cabeza emerge del satín verde, la cama está hecha y las almohadas intactas. Mis pastillas están de vuelta en mi buró, donde siempre las guardo.

Necesito aumentar mi dosis esta noche, quiero que cuando Daher y tú lleguen, me encuentren tranquila. A Daher le voy a preparar su biberón tibio y a ti unos tacos de picadillo. Les enseñaré todo lo que avancé en mi tesis y cuando lleve a Daher a su cuna le diré que cuando le toque entrar al kínder su mami ya no va a ser empleada de una farmacia sino licenciada en Química.

Me tomo una pastilla por cada hora que los espero. Cierro los ojos, Nat me arrulla: *Por lo que más tú quieras, ¿hasta cuándo? ¿hasta cuándo?*

Despierto y no estás en la cama. ¿Por qué te fuiste tan temprano a trabajar? Veo la silueta de Daher en el plafón. No está en su cuna. ¿Lo llevaste a la guardería? ∎

Este relato resultó finalista del 2o. Premio Nacional de Cuento Fantástico Amparo Dávila.

Kilimanjaro

LOREA CANALES

—**L**o mínimo, lo mínimo que debe de garantizar el estado es la seguridad, y ni eso.

Luego le marcó a Luis y le dijo más o menos lo mismo, pero con él pudo mostrarse más vulnerable.

—No sé qué hacer. Miguel me dijo que no le llamara que sus teléfonos pueden estar intervenidos, pero aterrizamos pasadas las once de la noche, no sé ni a qué hotel llegar.

—Dame un segundo. Ahorita te saco una reservación. ¿Crees que Miguel se entere si la hago con mi tarjeta?

—No sé, traigo *cash* pero, también me dio dos tarjetas, por qué no mejor te doy el número.

—¿Cuánto tiempo vas a estar ahí?

—No sé, me dijo que buscara departamento, quiere comprar algo. No sé. Desde que pasó lo de Jorge temo que alguien nos haga algo. Tengo miedo.

Se despidieron con la promesa de que él iría a visitarla.

Luis le hizo una reservación en el Waldorf Astoria y tan pronto Margarita entró al gigantesco lobby que abarcaba toda una manzana entendió que ahí no correrían el riesgo de que nadie los encontrara. Era un lugar tan público y atestado de gente que hasta a la una de la mañana cualquiera podría estar ahí sin levantar sospecha. Isabela estaba acelerada después del viaje, decía que tenía hambre pero quedó dormida antes de que llegaran los deditos de pollo que pidieron a la habitación. Quería mandarle un texto a Miguel diciéndole dónde estaba, pero le había dicho que él la contactaría a uno de los celulares que le había dado. Se sentía tan desconectada de su marido. ¿Quién era esa Lucía? ¿Por qué le mandaba tantas fotos? ¿Y ella? No es que hubiera imaginado que Miguel le sería siempre fiel, imposible, pero ahora, estos años, sí había pensado que cuando no estaba con ella era por trabajo. Al menos ella también tenía a Luis. Margarita intentó dormir consolándose con todas las compras que debía de hacer la mañana siguiente y pensando en las amigas que vivían aquí.

Isabela se despertó a las cinco de la mañana. Durante más de una hora Margarita trató de que se durmiera, ella había pasado la noche en vela y justo acababa de caer dormida. Le puso la tele para entretenerla, por fortuna había un canal con caricaturas las veinticuatro horas, pero ya no logró descansar. Jamás se había sentido tan sola, tan desprotegida, ni siquiera aquella vez que vino a hacerse un aborto.

Tenía veinte años, llevaba cuatro de novia con Alex. Lo que empezó con besos que nunca fueron inocentes pronto se convirtió en caricias cada vez mas atrevidas. Las hacían en plena luz del día en la sala de la casa de Margarita, mientras sus hermanos y el servicio paseaban por los pasillos con la clara intención de monitorearlos. Chiflando y aplaudiendo, les decían. Tardes enteras pasaron frente al televisor, cuando la mano de Alex se movía a un centímetro por hora o aún más lento. Y así le tomó meses, años, llegar a su destino. Margarita ya lo anticipaba y lo deseaba. Ella también tenía curiosidad de conocerlo, de hacerle sentir los temblores que la sacudían. Recordó la primera vez que se dio cuenta que Alex tenía una erección. Se besaban al despedirse, no había nada especial en eso. Eran novios, se besaban, hasta ahí tenían permiso. Cualquier acto más allá era una transgresión que llevaba al drenaje del pecado y desembocaba en el último caño: la pérdida de la virginidad. Así se lo habían hecho creer. Ahí era cuando se caía al abismo del mal, directo a la perdición eterna. Margarita en ese entonces estaba aún muy lejos de perder su virginidad, a tres años de distancia, exactamente. Vio cómo algo empezaba a crecer dentro del pantalón de Alex y se asustó. Dejó de besarlo, dio un paso hacía atrás y con su mirada señaló el bulto. Alex rió sin vergüenza, como si fuese algo que le ocurría con frecuencia.

—Ah—dijo sonriendo—. Es que hoy me puse boxers.

El beso había sido de despedida, lo único permitido. Como ya había concluido, Alex se dirigió hacía su coche. Su erección todavía era visible. Margarita estaba asustada. ¿Qué había sucedido? Era sólo un beso. Ella no podía tener semejante efecto sobre él, Alex debía ser un pervertido. Un degenerado. Conocía esas palabras, más no su significado. Sin embargo su mente las empleaba ahora. Había algo anormal en su novio. Esa historia de los boxers ella no se la creía. Desde la infancia había visto las pilas de trusas de sus hermanos, lavadas y planchadas sobre el cesto de la lavandería, y había notado la transición a los más coloridos y elegantes boxers que ahora ocupaban al menos la mitad de sus cajones. Subió a su habitación, se tiró sobre la cama y se echó a llorar. Quería llamarlo y volver a preguntar qué pasaba ¿si no confiaba en él, en quién podía hacerlo? De sus amigas del colegio no se atrevía a llamar a ninguna. La dinámica del grupo consistía enteramente en diseminar información y a veces transformarla. Margarita ya había aprendido bien a no abrir la boca de más. Tenía dos amigas dentro del grupo que eran un poco más de confianza, con ellas había discutido cuáles eran las reglas apropiadas del noviazgo, cuándo estaba bien pasar de un simple pico en los labios a un *french kiss*. Pero las preguntas surgían después: ¿en qué exactamente consistía un faje? ¿Dónde terminaba la espalda y empezaba la pompa? ¿Acercarte tanto como para rozarte sobre su pierna, algo que se sentía riquísimo, constituía algún tipo de infracción? La noche en que habían hablado sobre las reglas de los besos, sus dos amigas tenían novio, pero ahora una había cortado y la otra no parecía llevarse muy bien con el suyo. Margarita no tenía ganas de establecer comparaciones ni comunicación con ellas, tampoco quería sentirse observada o juzgada. Pero con alguien tenía que hablar. Extendió la mano hacía un canasto donde guardaba revistas de moda y aventó algunas sobre la cama, al alcance de su vista. Con la otra mano se secó las lágrimas. Empezaba a hojear una Cosmo vieja cuando Daniel el menor de sus hermanos, entró a su cuarto. Era rarísimo que Daniel viniera a visitarla, seguramente algo quería. Margarita se puso en alerta.

—No te presto mi coche —dijo, antes de que él tuviera oportunidad de abrir la boca. Daniel había chocado su auto la semana pasada y seguramente seguía en el taller.

—¿Cómo sabes que quería tu coche? —preguntó Daniel, tirándose a un lado de ella sobre el colchón. Aunque el más cercano a ella en edad, solo dos años más grande que ella, se había peleado más con él que con nadie. Él era más fuerte, pero Margarita más cabrona. Eso se estableció el día en que ella le machucó los dedos cerrando con fuerza y a propósito la puerta del refrigerador sobre su mano. Eventualmente los pleitos desistieron, incluso muchas veces iban juntos a las mismas fiestas y tenían amigos en común.

—¿Conoces a Clara Sánchez?

Margarita esculcó en su memoria. El nombre no le era conocido. Sacudió su cabeza sin dejar de ver la revista. Estaba pensando si sería posible preguntarle algo así a su hermano.

—¿Por?

—Quería invitarla a salir. ¿Qué no está en tu clase?

—No, no me suena. ¿Cómo es?

—Chaparrita. Güerita. Pelo hasta acá.

—Ah, ya sé. ¿Chichona? ¿Mona?

—Sí, esa.

—Va en tercero. ¿Cómo la conociste?

—En la fiesta de la semana pasada.

—¿La de Renata Casassús?

—Sí. ¿Por qué no fuiste? Fue en un cortijo poca madre por Cuajimalpa. Torearon vaquillas.

—Ya no me acuerdo qué tenía Alex. Creo que tuvimos que ir a casa de su abuelita. ¿Oyes, y qué tal estuvo? ¿Te empedaste?

—Dos tres, nada grave.

—¿La besaste?

—Ya güey. ¿Pa qué tantas preguntas?

—Ayy. La besaste. ¡Qué puta! Por eso la quieres invitar a salir. ¿Y se te paró?

—¿Qué te pasa?

Daniel agarró una almohada de la cama y le pegó en la cabeza a Margarita. Ella volteó a verlo y de pronto, en un tono serio pero cariñoso, le dijo:

—No güey, en serio. Quiero saber si se te puede parar por dar un beso.

—Depende.

—¿De qué?

—Del beso.

—¿Y también depende de los boxers?

—¿Qué?

Margarita no quería dar explicaciones. Estaba convencida de que Alex había mentido, pero Daniel parecía intrigado por la pregunta.

—Pues no, no depende del boxer.

Margarita levantó las cejas como para decir: lo sabía. Pero Daniel continuó.

—Si se te para o no se te para depende del beso. Pero que
tú te des cuenta, entonces sí tiene que ver el calzón o el pantalón. Si traes jeans y jockeys, es casi imposible. Osea sí, se te
pone dura, pero se queda adentro del pantalón. Pero si estás
en la playa con boxers y pantalón de lino, pues fiú.

Hizo un gesto con sus manos señalando el tipo de erección que Margarita acababa de ver.

—Ah. Entonces es como gelatina.

—¿Cómo?

—Depende del molde.

—Pues prefiero no pensar en Piolín de esa manera, pero si
tú quieres.

—¡Piolín! ¿Así le dices?

—Sí—, dijo Daniel, de pronto avergonzado de tener esa
conversación con su hermana.

—¿A poco todos le ponen nombre? —preguntó Margarita.
No quería desaprovechar el momento de intimidad.

—Pues no sé si todos.

Margarita estaba más tranquila. Alex no le mentía. No era per-
verso. Se dio cuenta de que no sabía nada del universo masculino. ¡Nombraban su pene! Sintió curiosidad por saber más.

—¿Quieres que te consiga el teléfono de Clara? ¿O ya te lo
dio, la muy puta?

Margarita agarró una almohada y le regresó el almohadazo
a su hermano.

Ese había sido el primer momento de confianza, pensó Margarita, viendo como su hija seguía entretenida con la televisión

y lamentando aún no poder dormir. Cuatro años después de aquella conversación reveladora con su hermano, creía conocer perfectamente a Alex. Sabía que su verga se llamaba Margarito. En su honor. Que le gustaba que lo tocara despacito, que tenía que venirse después o cuando estaba con ella, si no le daba un dolor horrible en los huevos al que le llamaban *blue balls*. A ella le encantaba cuando él la tocaba. Semana tras semana, año tras año, como aficionados al montañismo habían escalado los seis picos. Ya solo restaba el Everest. Ya le había chupado los pezones (Cartensz, 4 884 metros de altura), a Margarita le encantó una vez que pudo sobreponerse a la vergüenza. La había tocado con el dedo (Vinson, 4 897 metros). Se lo metió, (Elbus, 5 642 metros). Ella se la había jalado, (Kilimanjaro, 5 895). Él la lamió, (Denalí, 6 194). Finalmente, ella se la había mamado a él, (Aconcagua, 6 962 metros). No le gustó tanto, pero tampoco le dio asco. Regina le había confesado que ella vomitó.

—Lástima, Margarito.

Eso era lo que decían cuando —y era lo más frecuente— él ya no podía venirse. Nunca le preguntó qué hacía con sus pantalones mojados, pero juzgando por la actitud de sus hermanos, estaba segura que simplemente los echaba al cesto de la ropa sucia sin pensar dos veces en que alguien los lavaba. Ella misma pensó preguntarle a las muchachas de su casa si alguna vez habían notado algo, pero no supo ni cómo empezar la conversación. Simplemente no tenía ese tipo de relación con las muchachas y no quería tener la complicidad que inevitablemente resultaría.

Les había tomado más o menos un año hacer las preparaciones para subir el Everest. Necesitaban estar solos un fin de semana, sin que sus familias ni amigos se dieran cuenta. Tenían que asegurarse que el servicio no rajara. Margarita le preguntó si debía tomar pastillas anticonceptivas, pero Alex le dijo que no. Qué él utilizaría un condón. Alex no era virgen. A los catorce años un tío lo había llevado a un prostíbulo. Confesó que esa experiencia no le gustó, ni tampoco algunos encuentros que tuvo con extranjeras en Acapulco. Estaba convencido de que con Margarita todo sería distinto. Finalmente llegó el día. Quince amigas de Margarita iban a un rancho en Veracruz. Ella pidió permiso a sus papás y dijo a sus amigas que sí iba, pero canceló al último momento, fingiendo estar enferma. Él consiguió la casa de un amigo en Las Brisas. Como la familia del amigo no los conocía, no habría problemas con el servicio. Y como era en una casa, nadie los vería entrar ni salir. Llegarían a Acapulco en coche. La víspera del viaje, Margarita tuvo dudas y lo llamó. ¿No sería mejor esperar a que se casaran? ¿No sería mejor hacerlo en la luna de miel? Alex la consoló. No tenían nada que perder. Le faltaban dos años para graduarse, no podía esperar tanto sin estar con ella. Tan pronto se recibiera, aún un año antes, le daría anillo de compromiso. Se casaría con ella. Pero esto se trataba de otra cosa. Era emocionante, una aventura que los uniría más. Llevaban cuatro años juntos, no podía esperar otra semana. Eso dijo al auricular del teléfono. Ni siguió, pero Margarita escuchó una advertencia en su silencio. Le dolió. No tanto como decían. Pero sí le dolió. Sangró. No tanto, apenas unas gotas. Había llevado una sábana extra que compró en Liverpool, no quería manchar las sábanas de la casa, pero casi ni se notaba. No llegó a percibir el cosquilleo ni las centellas que solía tener cuando estaba con él. Se sintió profundamente decepcionada. ¿Esto era? ¿Esto era todo? Alex le dijo que pasaría, que poco a poco sería mejor, que les hacía falta práctica. Le sugirió inclusive que vieran algunos videos pornográficos a manera de aprendizaje. Margarita estaba dispuesta. Quería aprender. Quería satisfacerlo, volverlo loco. Hizo su mejor esfuerzo. En los meses que siguieron encontraron lugares insospechados para coger: el coche, una esquina, el baño de un restaurante. Cada minuto de privacidad que tenían lo aprovechaban. Al quinto mes, descubrió que estaba embarazada. Desde que se había vuelto sexualmente activa, anotaba en un calendario con precisión el día de su regla. Anticipaba su llegada y cada minuto de retraso le provocaba ansiedad. Esperaba un día, dos, y al tercero llegaba la sangre, confirmando que todo estaba en su lugar, literalmente en regla. Pero el quinto mes era noviembre. Pasó un día y tres. Cada hora Margarita se preocupaba más. Sufría en silencio. Alex no sabía nada, pero ella sí recordaba que no todas las veces usaron condón. No todas las veces se lo ponía. Si te la saco antes de que me venga, no pasa nada, había dicho. Margarita le creyó. No era posible embarazarse si no se venía adentro de ella. ¿O sí? Una semana de retraso. Margarita fue a la farmacia y compró dos estuches de embarazo. Esa misma tarde compró dos más. La tenue línea rosada no la convencía, pero tampoco dejaba de estar ahí. No recordaba haber llorado. No recordaba esos momentos. ¿Se imaginó casándose embarazada? ¿Pudo visualizar la vergüenza de decirle a sus papás? Se había comido el lonche. Recordaba que se había tardado unos días en decirle a Alex. Cuando le dio la noticia, ya la rayita del indicador era inequívoca.

—No estoy listo.

Esa fue su respuesta, los ojos fijos sobre los tacos al pastor que estaban fingiendo comer.

—No puedo hacerlo.

—¿Qué quieres que haga? —le preguntó ella en voz queda.

—No sé. No sé. Yo no puedo—. Alex empujó la silla de lámina y se puso de pie.

—Me tengo que ir.

La dejó en el restaurante, sin coche ni dinero para la cuenta. Probablemente no lo había advertido, pensó Margarita. Estaba demasiado conmocionado. Después de unos minutos esperando que regresara, Margarita llamó a una amiga que vivía cerca y le contó que se habían peleado. Notó en la curiosidad y compasión de la amiga que le daba gusto que se hubiera disgustado con Alex. Imaginó las malas lenguas hablando a sus espaldas. Lo que dirían de ella. Había jugado la carta de la virginidad y había perdido todo. En silencio escuchaba a su amiga hablar como si no sucediera nada. Luego había creído que en ese momento de desamparo rezó, pero tampoco estaba segura de eso. Lo que sí ocurrió fue que su amiga le dijo que estaba planeando un viaje a Nueva York para ir de compras. Que la mamá de Pilar tenía un departamento y las invitaba a todas, que sólo hacía falta pagar el boleto. Que ya unas tenían boletos para Broadway. Que se animara.

—Sí—dijo Margarita—. Sí, qué padre.

En un instante todo estaba resuelto. Esa misma noche había conseguido permiso de ir y dinero para sus compras. En ese entonces había pasado horas en su laptop, investigando hasta que dio con *Planned Parenthood*. Había llegado al lugar correcto. Como era mayor de edad, no tuvo mayores problemas. Inclusive le sobró dinero para ir de compras. Le dolió un poco más que haber perdido la virginidad, pero no tanto. Tenía menos de un mes de embarazo, el procedimiento fue muy sencillo. Nunca se arrepintió. Llegando a México, terminó con Alex. Fue una simple llamada por teléfono. Sólo tuvo que decir: ya está. Eso sí le dolió, por Alex sí lloró durante años. Aunque habían sido parte del mismo grupo social lograron evadirse mutuamente sin problemas. Solo en tres ocasiones se habían vuelto a ver. Nunca comentaron el tema. Nadie supo nada. Ninguno de sus amigos de entonces la invitó a salir otra vez, pero ella creía que era más porque eran tan posesivos y celosos que no querían andar con alguien que hubiera sido novia de otro tanto tiempo. Cuando empezó a salir con Miguel, le removía la conciencia no ser virgen. Temía que él la fuera a rechazar por esto. Una noche, después de un faje ardiente, se animó.

—No soy virgen.

—Yo tampoco— respondió Miguel.

Y volvió a besarla. ∎

Autores

Alberto Chimal (Toluca México, 1970) Ha publicado una docena de libros de cuentos, entre los que destacan *83 novelas*, *Grey* y *Éstos son los días* (Premio Nacional de Cuento INBA 2002); también es autor de la novela *Los esclavos y de La cámara de las maravillas, una colección de ensayos.* Su segunda novela: *La torre y el jardín*, fue finalista en 2013 del Premio Internacional de Novela Rómulo Gallegos, uno de los más importantes del idioma español. Chimal es maestro en Literatura Comparada por la Universidad Nacional Autónoma de México e imparte cursos en la Universidad Iberoamericana y la Universidad del Claustro de Sor Juana. También fue miembro del jurado de Caza de Letras, concurso-taller por internet organizado por la UNAM, entre 2007 y 2010. Actualmente es miembro del Sistema Nacional de Creadores de Arte, institución mexicana que patrocina el trabajo de artistas de diversas disciplinas.

Textos suyos han sido traducidos al inglés, francés, italiano, húngaro y esperanto. Es considerado uno de los escritores más originales y talentosos de su generación y un pionero de la escritura digital, documenta actualmente en la bitácora ⊕ www.lashistorias.com.mx

Erika Mergruen (Ciudad de México, 1967) es poeta y narradora. Ha publicado los poemarios *Marverde* (1998), *El osario* (2001) y *El sueño de las larvas* (2006); *los libros de cuentos Las reglas del juego* (2001) y *La piel dorada y otros animalitos* (2009); *el libro autobiográfico La ventana, el recuerdo como relato* (2002); *el libro de minificciones El último espejo* (2013), y la novela *La casa que está en todas partes* (2013). Es columnista de La Jornada Aguascalientes. 🐦 @mergruen

Isaí Moreno (Ciudad de México, 1967). Escritor.
Autor de las novelas *Pisot* (Premio Juan Rulfo
a Primera Novela 1999) y *Adicción* (2004), obras
que escribió mientras se doctoraba en matemáticas en la Universidad Autónoma Metro-
politana. *El suicidio de una mariposa* (su tercera novela, publicada por Terracota a fines del
2012) fue finalista del Premio Rejadorada de Novela Breve 2008 en Valladolid, España. Imparte talleres de novela y es profesor-investigador en
la carrera de Creación Literaria de la Universidad Autónoma de la Ciudad
de México. Colabora en revistas literarias, suplementos y blogs cultura-
les como Nexos, Letras Libres, La Tempestad, Lado B, Nagari Magazine, etc. Sus cuentos forman parte de antologías como *Así se acaba el
mundo* (Ediciones SM, 2012), *Tierras insólitas* (Almadía, 2013) y *Sólo
cuento* (UNAM, 2015). En 2010 obtuvo por la UNAM la licenciatura en Lengua y Literaturas Hispánicas con la tesis Hacia una estética de la destrucción en la literatura. En 2012 ingresó al Sistema Nacional de Creadores de Arte de México. 🐦 @isaimoreno.

Yuri Herrera nació en Actopan, México, en
1970. Estudió la Licenciatura en Ciencias Po-
líticas en la UNAM y la Maestría en Creación Literaria en la Universidad de Texas, en El Paso.
Es Doctor en Lengua y Literatura Hispánicas
por la Universidad de California (Berkeley).
Actualmente imparte clases en la Universidad
de Tulane (Nueva Orleans) Ha publicado cuentos, artículos, crónicas
y ensayos en periódicos y revistas de Estados Unidos, Latinoaméri-
ca y España: de *El País* a *Reforma*, de *La Jornada* a *El Malpensante*,
de *Letras Libres* a *War and Peace*, además de en numerosas antologías. Fue editor y fundador de la revista literaria *el perro*.

Ha escrito las novelas, *Trabajos del reino* (Periférica, 2008), *Señales
que precederán al fin del mundo* (Periférica, 2009), y *La transmigración
de los cuerpos* (Periférica, 2013).

Úrsula Fuentesberain (Celaya, Guanajuato 1982). Es escritora y periodista. Su primer libro de cuentos se llama *Esa membrana finísima* (Fondo Editorial Tierra Adentro, 2014). Tiene cuentos en nueve antologías de narrativa, las más recientes son *Emergencias: Cuentos mexicanos de jóvenes talentos* (Lectorum,  2015), *Pide un deseo* (Tusquets, 2014) y *Lados B* (Nitro Press, 2014). Con el apoyo de la beca Fulbright-García Robles, cursó la maestría en Escritura Creativa en Sarah Lawrence College. El cuento incluido en esta colección resultó finalista del 2o. Premio Nacional de Cuento Fantástico Amparo Dávila y forma parte de la antología del mismo premio publicada por Libros Pimienta.

Lorea Canales Autora de *Apenas Marta* y *Los Perros*, considerados por la crítica nacional como las mejores novelas de 2011 y 2013, Lorea Canales es parte de una nueva generación de escritores globales. *Becoming Marta*, publicada por Amazon Crossing en inglés fue honrada con el International Latino  Fiction Award, y será también traducida al polaco. Abogada, periodista y novelista, recibió su maestría en derecho de la Universidad de Georgetown en Washington DC donde trabajó como abogada antes de entrar al Periódico Reforma y cubrir casos jurídicos. Enseñó derecho en el ITAM. Desde el año 2000 vive en Nueva York y continua escribiendo para diversas publicaciones mexicanas. Estudió escritura creativa en la Universidad de Nueva York donde recibió su maestría en 2010.

UNREPENTANT TIMES

Unrepentant Times

Unrepentant Times
FIRST EDITION 2017

Cold © Alberto Chimal; *Euthanasia* © Erika Mergruen; *Rottweiler* © Isaí Moreno; *The Others* © Yuri Herrera; *Questions about the spread of mildew* © Úrsula Fuentesberain; *Kilimanjaro* © Lorea Canales

© *The proof of the pudding... is in the reading.* Elena Poniatowska Amor

TRANSLATIONS: *Cold, The Others, The proof of the pudding... is in the reading* © George Henson; *Euthanasia, Rottweiler* DR © Arthur Dixon; *Questions about the spread of mildew, Kilimanjaro* DR © Sivia Guzmán y José Armando García

© PUBLISHED BY Nagari – Katakana editors 2017

EDITOR: Omar Villasana
TRANSLATION COORDINATOR: George Henson
DESIGN: Elisa Orozco
PHOTOGRAPHS: Mike Vargas

ISBN: 978-0-692-88413-3

Nagari is a publication of Proyecto SETRA
NAGARI / PROYECTO SETRA
PO Box 430332
South Miami FL 33243
■ consejoeditorial@nagarimagazine.com

PROLOGUE

The proof of the pudding...
is in the reading

ELENA PONIATOWSKA AMOR

~ 67 ~

Cold

ALBERTO CHIMAL

~ 74 ~

Euthanasia

ERIKA MERGRUEN

~ 82 ~

Rottweiler

ISAÍ MORENO

~ 87 ~

The Others

YURI HERRERA

~ 95 ~

Questions about the spread of mildew

ÚRSULA FUENTESBERAIN

~ 100 ~

Kilimanjaro

LOREA CANALES

~ 107 ~

Authors

~ 121 ~

The proof of the pudding...
is in the reading

This book collects stories by six Mexican writers, the majority of whom were born between 1967 and 1972, the exception being Úrsula Fuentesberain who was born in 1982. Originality and the joy of writing abound in these stories, features that define each of these writers. Also present is violence, the thread that runs through each of these stories and serves as the watchword around which my friend Omar Villasana—the editor of this edition—has brought together each of these authors.

In "Cold," Alberto Chimal offers a lesson in characterization (the portrait of Cosme Valek is exquisite) for students of creative writing; the open ending and the humorous spark that runs through this story from beginning to end are proof of Alberto Chimal's literary talent, which has existed from the moment he was awarded, at the young age of seventeen, the "Becarios" prize by the Toluca Center for Writers. He has been writing ever since. Although he majored in Computer Engineering, and graduated with honors, he always knew he would be a writer. I met Alberto briefly through my friend Magda Solís, an amazing professor of literature who conducted a workshop in the home of Alicia Trueba, where Hugo Hiriart,

Rosa Beltrán, Juan Villoro, Agustín Ramos, Raúl Ortiz y Ortiz, Tatiana Espinasa, Estela Inda, and many others of today's established writers were teachers, who, in turn, have helped to establish students as distinguished as Rosa Nissan and Silvia Molina.

In "Cold," Chimal laughs at the charlatanism that is so prevalent and entrenched in a part of society that turns to unscrupulous characters like Cosme Valek in search of solutions to problems that range from gastric reflux to "lovesickness." The violence they exercise against whomever knocks on their door may not be direct, as can be seen in other stories collected here, and is perhaps less bloody but it is no less criminal: the good-faith scam. Chimal achieves a story replete with humor and at times sarcasm: "The thing is Cosme, by jumping from contact to contact, is finally making it big. He even knows some friends of Miguel Ángel—that's what he calls him, just like that, as if we didn't know that it's Miguel Ángel the big muckety-muck secretary, the most powerful man in Mexico—and any day now he'll be taking care of him. And later (of course) he'll still have Enrique." Added to the text's relaxed tone is an ending that leaves both the narrator and the reader "cold." Alberto Chimal is one of our most prolific contemporary writers. To his fiction, or rather micro-fiction, we must add his activity as an academic and his many workshops attended with feverish enthusiasm by young writers. It is not at all uncommon to see girls on the subway with their noses stuck in books like *Gente del mundo* or

Grey. He modestly states that he is a writer with "a few readers," but thousands of young people respectfully disagree.

In "Euthanasia," Erika Mergruen condenses a very difficult subject in very polished writing. The repetition of paragraphs to emphasize the comatose state of three characters is an astute literary choice, whose effect forces the reader to confront the same situation with different patients: a child, an elderly woman, and a man. The author rightly plays with the numbering of the rooms (the same numbers in different positions: 657, 576, 756), which suggests that her characters have something in common outside their vegetative state, a task that falls to the reader to figure out. Erika Mergruen—who is also a fan of microfiction—has published more than a dozen books and is a contributor to *La Jornada Aguascalientes*. In "Euthanasia" she manages to abridge a violence that we too seldom talk about: that caused by the death of our loved ones.

Isaí Moreno—who was a professor of mathematics before turning to literature—combines in "Rottweiler" the square roots of verbs and grammatical equations to deliver a story in which the reader ends up falling in love with Octavito, the tiny protagonist who is deaf in one ear and the owner of "Chiquis," the dog who sets in motion the tragedy that is foretold in the very first lines. Moreno introduces the topic of violence without reducing it to a morbid curiosity; even the denouement is proof of how one can discuss it without resorting to the grisly. Violence is present in the most unexpected places. How many Octavitos do we see in the parks and plazas of our country? What have we done to save them? Isaí Moreno, winner of the Juan Rulfo Prize for First Novel (1999) and professor at the Autonomous University of Mexico City, achieves an excellent tale with a seemingly trivial story: the adventures of two children in a park in the Romero Rubio neighborhood of Mexico City.

"The Others" by Yuri Herrera is proof of the NEW good writing that this author practices, which is confirmed in every one of his lines, painstakingly constructed and worked noun by noun. Yuri lives up to the saying that "literature is ten percent inspiration and ninety percent perspiration," and I imagine him sweating in front of his computer, until he decides the exact place to type the key phrase of his story: "She was my first girlfriend. The first I had sex with at least." From that moment the reader becomes witness to a tragicomedy, at whose denouement, just like the protagonists, he does not know whether to laugh or cry. Yuri Herrera, a PhD in Literature from the University of California Berkeley, is without a doubt one of the most important writers of 21st-century Mexico, and here as proof he provides a small sample of his immense capacity for creation. I know of what I speak, having seen him passionately a work in Alicia Trueba's workshop.

In her short story, "Questionas about the spread of mildew," Ursula Fuentesberain pays tribute to one of the many tragedies we Mexicans have suffered: the fire at the ABC

Nursery in Hermosillo, Sonora, in June 2009. The narrator —a mother— focuses her violence in a long monologue in which it becomes clear that the children were not the only victims of the official negligence that still remains unprosecuted, but also the parents for whom there has been no justice even after 19 civil servants were implicated. The creation of the female voice by which we come to know the father and the dead son is an appropriate way of "opening" the old wounds that this tragedy left on the families affected. Fuentesberain has managed to step into the shoes of these women who feel, after the terrible death of their children, life is meaningless; without descending into melodrama, the author achieves a tense text supported by a narrative voice that at times breaks and breaks the reader's heart. At just thirty-four, Ursula has published an excellent collection of stories, "Esa membrana finísima" [That very thin membrane] (2014), with other stories appearing in nine anthologies.

Finally we read Lorea Canales, author of the novels *Becoming Marta*—one of the best of 2011 according to the newspaper "Reforma"—and *Los perros*. Her story "Kilimanjaro" is a game of feelings and betrayals by the violence that crucifies our country and the double standards of Mexican society. Its title refers to the mountain of the same name located in Tanzania (Central Africa) and formed by three volcanoes, which hints at the trio of characters (or trios) that appear in the text: Luis-Margarita-Miguel, Miguel-Lucia-Margarita. Without abandoning eroticism, she introduces details that suggests that the protagonist is fleeing Mexico out of fear. From whom and why he is escaping is the least important element of this story because the anecdote that Lorea ultimately narrates is a personal one that involves passions and anguish and that is—in the end—valuable because in it we recognize ourselves. Lorea Canales skillfully outlines the features of a woman from the upper-class in a key moment of her life and creates a flashback through which we are able to enter a world that, if at first glance seemed alien to us, ultimately we accept as our own. This lawyer and writer living in New York has had a brilliant career but has not lost sight of the troubles of her native Mexico, as evidenced by her work.

There is much truth in the saying, "the proof of the pudding is in the eating" or, in this case, reading: the six stories collected here are proof of Mexico's literary potential, and at the same time an incentive for young writers who will, no doubt, discover the rigor hidden behind every line. Many of these writers have a blog, like Ursula Fuentesberain, Erika Megruen; others write "Twitter-literature," like Alberto, who pioneered the idea of writing micro-stories and even micro-novels with 140 characters. All of them move about the web like fish in water; they are a generation of authors whom I envy because they have been smart enough to integrate themselves into the world that surrounds us.

This anthology will also be published as an e-book, a term to which I am still not accustomed but one that fills me with joy, knowing that it will circulate from web to web and that thousands of Internet users will be able to enjoy beyond the confines of physical borders, something so necessary in modern times when there are those who strive to build walls and close doors.

Elena Poniatowska Amor

ALBERTO CHIMAL

Cosme Valek is a pseudonym. A *nom de guerre*. A secret iden-
tity. Who knows what his name really is. I'm sitting in his
office with white walls and a white floor. The table is white;
the chairs, white. The calendar is practically white: the pho-
to of the month is a white kitten; the numbers of the days
are light grey. Next month's is probably a snow-covered
mountain or a glass of milk.

Cosme is huge. He's wearing a large white shirt that
looks like a tent. He's also wearing white harem pants
and white slippers. Because of his big ears, I'd say he
looks like Buddha, that is if his head were totally shaved.
A black braid grows out of the back of his neck, long and
thin like a genie from a lamp. That's his image.

The braid is shiny as if it were oiled and perhaps it is.
The rest of his head is also shiny. Little drops gather in the
folds of his neck. I wonder if he oils the rest of his body
too. His belly.

I also wonder how he got his start. The thing about having gone to Tibet to study with the Dalai Lama is a total lie.

In his youth, Cosme might have been a student at some technical college or an employee of the grocery store chain Soriana. They probably called him Fat Man or Bear (or maybe even Buddha) and one day he simply had a revelation that changed his life completely.

"I told you before, 'alternative medicine' is bullshit," he scolds me. "Nothing but a scam for idiots."

He never talks to his clients this way, of course. He talks to them smooth; he convinces them with new age words, with the exactness of his diagnoses, and with the conviction he projects. He stands beside them, talks to them about health and about balance, instead of coming down on them hard and twisting their arm, and they feel better, even before they're cured of whatever ails them. They might have also called him the Refrigerator. He might have also been a snitch or even a hitman. Or a policeman. Perhaps one day he was burning bodies and suddenly saw the light.

"When you're sick, come see me," Cosme tells me. "Dude. Come here. Immediately. Don't go to anyone else. Especially since I don't even charge you bastards!"

The truth is he'd already told me that he wasn't going to charge us. And he doesn't: his secretary, the guy who does his accounting, his chauffeur who takes him to his big clients, they'd all told me already about their free consultations with Cosme. The thing is I never gave it a second thought. I supply him with homeopathic pills, so I usually skip him and prescribe myself (because I also studied a couple of semesters at Polytech) and now I wanted to give it a try. I thought I just had acid reflux, from drinking too much beer and too much stress.

"How many months have you had to sleep sitting up?" Cosme asks me.

"Four."

"I won't tell you how stupid you were. I mean, you guys are my family!"

I look at him from the chair where I'm sitting as my stomach burns from the inside out. He's really a fucking beast. I'm also happy that he doesn't hit me while he talks to me about fraternity and solidarity. I'm one of the ones who's worked with him the longest. Before this office he (supposedly) had another one at Merced market and that's where he started to make it big, but that first phase didn't last long. A year or two. They say. There are people who never go beyond passing out love potions or supposedly curing Aids in some disgusting little stand among the butcher shops and some market trash dumpster.

The thing is Cosme is "different": he has a special and unique quality. Everyone tells us we're special, of course, that we're all "different," but if that were true those of us who are mediocre wouldn't exist. When he says it it's true.

What's different isn't just that Cosme is always right and all his patients get better. Every curandero and healer and the like are infallible because people want to believe and they tell them they're right even when they aren't. That's what happened to my Uncle Toño: a witch had "cured" his cancer and two months later, as he was dying from cancer, he swore and swore that it must have been another cancer, not the one the witch cured him of.

No: Cosme is different in the way he examines his patients.

"Did you bring the clothes?" he asks me. For a moment I don't understand him and I make a face. "Sweaty clothes, dude."

"Oh, yes!" Before coming I went to my mom's house to use her treadmill. She uses it as a clothesline. Our family isn't big on exercise. But I was able to determine that it still works. After thirty minutes my heart was beating like a machine gun, my legs wouldn't hold me up, and my "exercise" clothes (in fact they're old pajamas) were soaking wet. My mother offered to wash them. She also asked if I was going to come see her more often. Even if it was just to use the machine.

"No and no," I answered. I had a hard time getting the pajamas away from her. I also had a hard time leaving.

Now I take out the bag from Comercial Mexicana that I brought the clothes in. I give them to Cosme. I'm still seated and I'm still intimidated by how big he is. Giving him the bag is like making an offering in a temple. I could say that I'm like an Aztec priest. Except we're in this white office in Colonia Condesa, I'm dressed like a Mexican and Cosme like a genie from a lamp.

Cosme goes to take the clothes out of the bag. He pauses. He then changes his mind, sticks his head in the bag and takes a deep breath. When he looks up again he has a strange look on his face, which all esoterists should have so their patients will believe them. But his is real. He's not under his own control. One of his eyes moves to the left. The other one continues to look ahead and the pupil dilates. He says he doesn't know how to describe it, but only in private. He tells his clients that it's how he makes contact with the forces of the Universe.

Cosme recognizes people's diseases by smelling their sweat.

"It has a scientific basis," he always tell us. He tells his clients the same. It seems to be true. What we carry in our body determines how our sweat stinks.

I look at him from below. He doesn't look at me. I wonder if he has tits, like other fat guys. I also wonder if he oils them.

And I wonder, of course, what he's going to tell me. The guy who does the accounting says that Cosme not only detects illnesses. He can also see the past. And the future. But the guy who does the accounting is a bit off in the head: he wears earrings with feathers and in his free time goes to the Ajusco volcano to hug trees.

Cosme's face grows blank. His eyes close halfway. His lips quiver. His double chin also quivers. It's oiled (perhaps) and covered with tiny hairs. Or he didn't shave this morning and they grow really fast.

Now he opens his eyes. He looks at me. His nostrils flare out.

I remember that I didn't shower at my mother's house. Cosme bends toward me and buries his nose in my armpit.

I immediately tense up. I think I'm shaking a little. This intimate contact isn't that strange. Sometimes he needs to be sure of the diagnosis, he says. He has to do it with one out of ten or twelve of his patients. It's like gathering more data, he says, from close up. The secretary told me that he had to do it with a hot shot client. She didn't say who but it must have been a real hot shot.

"The bodyguards go real crazy when that happens," he told me. I wonder if the client was Rafael, the undersecretary. Or Carmelo, the vice admiral. Or the son of some millionaire or a society lady. Those are the worse.

The thing is Cosme, by jumping from contact to contact, is finally making it big. He even knows some friends of Miguel Ángel—that's what he calls him, just like that, as if we didn't know that it's Miguel Ángel the big muckety-muck secretary, the most powerful man in Mexico— and any day now he'll be taking care of him. And later (of course) he'll still have Enrique. Then he'll move to even bigger and whiter office in a nicer neighborhood.And he'll get rid of all of us who are his friends in order to get better ones.

These bitter thoughts run through my head because Cosme won't take his face out of my armpit.

He takes it out.

He places it between my legs.

I feel him breath in the air. I close my eyes. I begin to think of something else the accountant told me. That there are people with powers among us. A few. Sad cases. One day they receive a revelation and God blesses them. Gives them power. Sends them out to use that power for good. They don't have an option. But... Sad case. God blesses them and sends them out, but they have to hide. They can't reveal their blessing. They have to pretend they're scam artists while they do good. Sad, sad cases. If they revealed all their power, the others—the false prophets, the quacks, the politicians—would hate them and do anything possible to destroy them.

Sad case.

"Oh," Cosme says, after removing his face from my crotch. "Sometimes this is really humiliating." And then: "I hope it didn't bother you too much."

I relax in the chair. A little.

He tells me that yes, it is after all reflux, but a really nasty reflux. I have to take Almax and go to the doctor.

(That's also part of how Cosme's "different." He's probably the only healer in the world who from time to time sends his patients to the doctor. When a doctor is the best option. He says.)

"I can see things," he says, "besides what's wrong with your stomach. Damn obstruction."

"What?"

"I can see part of your past, who you are and your future." I notice his eye is still off to the side and dilated. "Can

I tell you more? Do you want me to?"

I'm unable to relax. This is humiliating.

"Like what?" I ask.

"I know when you're going to die. It's not soon. Not today or tomorrow. Or the next. It'll be years. But it will happen. Of course. Do you want me to tell you?"

"No!"

Cosme blinks. His eye is returning to normal.

"People always say the same," he complains. "No one wants to know." He blinks again. "But there is something I must tell you."

I'm finally about to relax. I fold my arms and rest them on the chair.

"Let's see, how I can say this... One: your mother has always known and doesn't care. Two: the truth is it's very flattering, but... no, dude. I like women. And you wouldn't be my type. I might as well tell you. I like 'em fat."

I begin to feel cold. Really. Really. Cold. I'm in the mountains from the calendar. The ones I've yet to see. I remember a lot of moments. I think about his back. Wide and white. Is his back oiled?

"You already knew, didn't you, dude?" Cosme asks. I understand that he's really worried about me.

I also understand that my revelation has come. ∎

Euthanasia

ERIKA MERGRUEN

ROOM 657. FIRST FLOOR

When I'm by your side, I watch your eyelids. Sometimes I press on them, lovingly, with the index finger of my right hand. I hope you'll open your eyes, surprised, so I can see how your pupils dilate as you listen to the purr of the machines that surround you. And I'll be happy, and I'll tell you that story about the cat that appears and disappears in an imaginary land.

When I'm far away, your eyelids go with me. I discover them in your teddy bear's ears, in crusts of bread and in the figures trapped in the mosaic tile around the shower. Then my throat is blocked by the certainty that they will never open. If I'm at home, I go out; if I'm out, I go in. I search—in the trees, in a red stoplight, in a car's windshield, in the cups on the dish rack and in the mirror in the hallway—for the smiling cat that can show me the way out.

When I'm by your side, I watch your eyelids while I imagine your voice: your cries when I said you couldn't have candy for a snack, your bursts of laughter when the circus clowns bonked each other with big sponge bats, your nervous whispers as you described the monster that lurked under your bed. But, as the days go by, your voice belongs more and more to the imaginary land. In this room I can only hear the stupid purring of the machines.

I open your eyelids with my thumbs. I search in your eyeballs for the path that will lead you back. I call you by your name, Daniel, and I wait in vain for your fingers to tighten around my hand.

Your little limp body, doesn't respond. Your eyes turn back until they are all white. The machines go quiet. Now the purring comes from the smiling cat curled up on the crisp pillow of your hospital bed.

ROOM 576. SECOND FLOOR

When I'm by your side, I watch your eyelids. Sometimes I press on them, softly, with the index finger of my right hand. I hope you'll open your eyes, surprised, so I can see how your pupils dilate as you listen to the purr of the machines that surround you. And I'll calm you down, and I'll tell you that story of the cat that appears and disappears in an imaginary land.

When I'm far away, your eyelids follow me. I discover them in your balls of wool, in the beads on your rosary and in the figures trapped in the mosaic tile around the shower. Then my throat is blocked by the uncertainty that they will someday open. If I'm at home, I go out; if I'm out, I go in.

I search—in the trees, in a red stoplight, in a car's windshield, in the cups on the dish rack and in the mirror in the hallway—for the smiling cat that can show me the way out.

When I'm by your side, I watch your eyelids while I imagine your voice: your yelling when someone spilled dark liquid on the white carpet, your bursts of laughter when the kids didn't quite manage to reach the *piñata*, your whispers when the priest lifted the Host above the altar. But, as the days go by, your voice belongs more and more to the imaginary land. In this room I can only hear the monotonous purring of the machines.

I open your eyelids with my thumbs. I search in your eyeballs for the path that will let you find peace. I call you by your name, Margarita, and I wait in vain for your fingers to tighten around my hand.

Your withered limp body, doesn't respond. Your eyes turn back until they are all white. The machines go quiet. Now the purring comes from the smiling cat curled up on the crisp pillow of your hospital bed.

ROOM 756. THIRD FLOOR

When I'm by your side, I watch your eyelids. Sometimes I press on them with the index finger of my left hand. I hope you'll open your eyes, surprised, so I can see how your pupils dilate as you listen to the purr of the machines that surround you. And I'll resign myself, and I' ll remember that story about the cat that appears and disappears in an imaginary land.

When I'm far away, your eyelids pursue me. I discover them in the folds of our bed, in the buttons on your shirts and in the figures trapped in the mosaic tile around the shower. Then my throat is blocked by the certainty that they will someday open. If I'm at home, I go out; if I'm out, I go in. I search—in the trees, in a red stoplight, in a car's windshield, in the cups on the dish rack and in the mirror in the hallway—for the smiling cat that can show me the way out.

When I'm by your side, I watch your eyelids while I imagine your voice: your cries when you got home drunk after a night out, your bursts of laughter as you threatened to give the kids a smack on the head, your whispers when you told me you felt ashamed around your family. But, as the days go by, your voice belongs more and more to the imaginary land. In this room I only hear the gentle purring of the machines.

I open your eyelids with my thumbs. I search in your eyeballs for the path that will never let you return. I call you by your name, Fernando, and I wait in vain for your fingers to tighten around my hand.

Your hardy limp body, doesn't respond. Your eyes turn back until they are all white. The machines go quiet. Now the purring comes from the smiling cat curled up on the crisp pillow of your hospital bed.

MORGUE. BASEMENT

FIRST FLOOR: Álvarez, Daniel. Sex: male. Age: 5 years 3 months. Cause of death: multiple trauma due to traffic accident. The deceased was in a comatose state for three months.

SECOND FLOOR: Mújica, Margarita. Sex: female. Age: 81 years 10 months. Cause of death: pulmonary metastases. The deceased contracted cancer of the colon one year earlier.

THIRD FLOOR: De los Monteros, Fernando. Sex: male. Age: 39 years 1 month. Cause of death: hyperosmolar nonketotic coma due to diabetes. The deceased was diagnosed with diabetes mellitus 3 years earlier. ◼

ISAÍ MORENO

The people of Transval Street often wondered why Octavito couldn't hear on his left side. "Come here, Octavito," they'd say, and he could only hear them if they happened to be on his good side. They had no idea that he had also been mute for three days, including the three troubled nights he spent tossing and turning under the covers in an unending nightmare until his parents dragged him out of it. In fact, not many people spoke of the matter, which freed Octavito and his older sister Ani from inventing explanations.

Those were days of extreme heat, heat that discolors the green leaves of bushes and trees with no mercy, weakens the soul, kills us slowly while the planet crosses Canis Major: the dog days that do no one any good. Everybody knows it from the drowsiness that hangs over the *colonia*, that poisons Transval, all of Romero Rubio, crossing Oceanía and winding its way through the streets around the Peñón, near where Octavito's twin brother was buried.

Ani, Octavito, and their parents often took walks around
the Glorieta Africa, the round plaza in the middle of their
neighborhood. There the streets met—Jericó and Asia and
Africa formed an isosceles triangle with the plaza at its
apex. In the plaza, a park. In the middle, a little library. And
the slides, the dilapidated seesaw that hardly any children
used anymore. It was different before: when they were
younger, Octavito and his sister would roller-skate there,
until Ani broke her leg. Then they would go to take Chiquis for his walks. As soon as his chain came off, he would
shake his white hair—like cotton, when it was clean—and
start running in circles just like the cars driving around
the plaza. Back then only good people would come to the
park, with little children on the jungle gym, balloons that
sometimes slipped out of their still-clumsy hands, bright-
ening up the circle of sky above the plaza with their col-
ors. Then the two figures appeared from the Peñón, one
tall and fit, the other smaller and stouter. Their skin was
very dark.

No one knew them. They also thought Africa Park was
a nice place to walk their dogs.

Some say that dogs and their owners look alike, and
the pair who claimed the plaza as their territory could
have served as evidence for the claim—the Rottweilers at
the ends of their chains were tough and muscular, with
flat noses and huge heads. Octavito and Ani didn't tell
their parents that Africa Park was growing ever more
empty or that it looked sad in the afternoon. The two new

guys stood watching from one side of the park. At the other, Ani and Octavito with Chiquis. What a standoff! When the invaders arrived, the local parents did what they usually do: they began to gather up their children and their dogs. The Rottweilers barked as if issuing a challenge. This time the kids kept coming, perhaps out of inertia or because the heat kept them from thinking straight. They kept coming. And who would tell them not to? The two men's dark dogs urinated all over the park. Who could expect Chiquis, little as he was, to understand matters of territory? Only Octavito wrinkled his forehead when he saw the dogs slobbering on the other side, with their reddened eyes locked on Chiquis. That wouldn't do, frowning at the strangers.

Octavito remembered the day when his grandmother—may she rest in peace— took him along to buy groceries and gas for the stove. The streets were deserted. The men from the Peñón are coming, people said. Get back to your houses. Don't go out. But his grandmother needed gas. Octavito walked by her side as they made their way home. The gangs from all around were on the corner. In their hands were stones, sticks, chains.

But they paused for a moment. Go on through, *señora*. They looked on respectfully. And Octavito's grandmother told him nothing bad would happen. Come along, sweetie. Nowadays there is no respect for old people and children. A couple of times Octavito passed by the plaza on the way to the market, holding hands with his mother, and he didn't mention the strangers. On the way back, going down Damasco Street to get to Transval, they would buy *pan dulce* fresh out of the oven from Aunt Elia's bakery. Eating it with milk was one of the greatest pleasures of the *colonia* Romero Rubio. Many people came from other neighborhoods to buy the flaky pastry, or settled for sampling the pieces displayed on trays in the shop: never too sweet, its taste stayed on your tongue until the next day.

Ani was the only person Octavito told when the Rottweilers began to appear in his dreams. They chased after him at night, their jaws dripping. Ani told him it was just his imagination. They couldn't stop going to the park just for that. Just think, not taking Chiquis for his walks... Where else could they take him? To the other side of Oceanía, where everything was dirty and dangerous? Don't be a scaredycat, Octavio. Ani talked like that because girls like her, who sometimes dress like young women and start to draw glances from the neighborhood boys, are not afraid of anything. After breaking her leg and keeping it in a cast for three months, she put on her skates once again. Octavito didn't skate anymore. She got back to it in the plaza until her father gave her a stern talking-to. A young lady willing to break her other leg, or the same one again, doesn't foul up her life with pessimistic thinking. The newcomers occupied their side of the park and she and her brother kept to their own, in silence. On one side, Chiquis. On the other, the Rottweilers.

So Octavito stayed quiet. He kept his nightmares to himself: one of the Rottweilers reached for him as he clung to the edge of the bed, as far away as his frantic escape could take him. Sometimes the animal climbed up his body while he slept. The image of the dog remains in his dreams. It sniffs every inch of his face. It pores over him. Its breath stinks. The creature's weight crushes his chest, he can't breathe, until he wakes up sweating and smothers his scream so they won't call him a scaredy-cat or say he's paranoid. He even forgot what he was learning in school.

Two days before the incident that filled the *colonia* with strangeness and clamor, when police patrols became normal in the area, Octavito thought he noticed one of the newcomers looking with interest at Ani. Or maybe at Chiquis, whose chain was in his sister's hand. In any case, it was not a friendly glance. What's more, he was sure that the man, now more brazen in the park, bolder and ruder, loosened the Rottweiler's chain as he looked at her. He seemed to be whispering something to his companion, who also looked in their direction. It was certain, they were talking about them. Dogs like Chiquis are restless and persistent. They don't shy away from any animal of any size and they have no sense of danger, so the little animal growled at the murderous dogs. Ani tried to calm him down. What's gotten into you today, Chiquis? Settle down, boy. In those days, no one came to the park in the afternoon. Patrols went by. Octavito had decided he didn't want them to take Chiquis to the park anymore. He'd had enough. The next day, unceasing rain kept them from going out to face his fears. They focused on their homework. He on the horror of fractions. She on spelling.

On the unmentionable day, suffering from a lack of words in his mouth as they headed down Damasco Street toward the plaza, Octavito avoided begging Ani to forget about their walk. He thought it would be better for her to witness the threatening, suspicious, filthy stare of the larger man to convince her that it would be better not to come back, at least for a while. Then there would be time for someone to report the unbearable situation to the police. They kept on walking. They crossed the plaza carefully, watching out for indifferent cars driven by drained people with bags under their eyes, blinded by the sunlight. Octavito looked around for the criminals. In front of them he saw nothing. There was nothing to his right, either, but there was something on the side of his healthy ear, and it was closer to them than he'd thought. Maybe the men had crossed Africa Street just as Octavito and his sister came up Damasco. Or maybe as they were leaving. The taller one smiled. The Rottweiler's loose chain in his hand. And Chiquis growled recklessly. Octavito would have liked to tie his snout shut with his scarf. Please don't bark, he begged. He kept on growling. The other man was amused, watching how his monster pulled at the chain. His companion laughed when they looked at each other.

And Ani? Holding tight to Chiquis' chain. Not afraid but alert. A Rottweiler's bark was no worse than a broken leg. Nor was an obscene laugh, as bad as that seemed. Octavito was the only one to foresee the inevitable. The man releasing a Rottweiler's chain, its huge head and its eyes shot through with bright red, coming for his Chiquis like a wild predator. A chill ran through his legs and up his thighs, there was a hole in his stomach. He could still hear fine on his left side. The animal was already loose, Chiquis tugging at his leash, unconscious of what it all meant. Horror. Horrible. The Dog Star above. Then Ani, protective, not paralyzed like her brother, crouched down, took their little dog in her arms and held him close. Shhh, she whispered, everything's alright, Chiquis. The Rottweiler paused. Octavito had time to admire what his sister had done. She was so clever, but at the same time he was struck by the certainty that the animal would leap on her instead, or on both of them, both together, before he heard from his left ear for the last time. First the dull explosion, like a firecracker, then two more. Very loud. Who knows who was shooting at the two men—they tried and failed to run away. The Rottweilers fled from the sound of the shots. Chiquis... poor Chiquis, Ani felt him trembling in her arms, as if he too had taken a sudden bullet. He whined. She didn't let go of him, or of Octavito, who held his hand up to his ear and took it away with blood on his palm.

The echoes of the gunshots reached Transval. There was a shiver down Oceanía Street, all the way to the edges of the Peñón and the West.

Three days. Octavito had gone three days without a voice to explain to everyone who asked what had happened.

People in blue uniforms. People with recording devices in their hands. Who was shooting? Do you know why? You were the closest witness to the events, son. He wouldn't have answered anyway, because they asked him from the side of his deaf ear. To the right he heard Chiquis breathing, asleep on the rug. ◼

The Others

YURI HERRERA

On my way home from work for the first time I saw the terrible man: with three paws on the ground and the fourth clutching a tool. I was unable to make out his features: a cascade of beard and matted hair that protruded from the bottom of his neck obscured his face and at the same time the task at which he labored. I passed him again at lunchtime; the sun continued in free fall, but the man persisted without noticing the delta of pedestrians around him. I managed to catch a glimpse of him from the front: he was sweating.

On one side of the plaza was the office where I had to go mid-afternoon. Clara was already there, wringing her hands and smiling a small, quivering smile. She had become nervous at the last minute. All this time she'd been calm, since deciding ominously to take the test herself the day she accompanied a friend, until reaching the doors of the place and asking herself: *and what if?* What if she had something to worry about? What if the test was positive? What if this was her time?

...he was my first girlfriend. The first I had sex with at least. It never occurred to me that something bad might happen, and so I assumed the role of a man of the world, solid, unflappable, experienced, cocky, and told her:

"Don't worry, kitten, look, we'll think really hard, and you'll see there's nothing to worry about."

She looked at me confused. What was I talking about.

"Remember the person you were with," or "people," I added as a mere formality, generous. "Try to think if there's anything that freaks you out, surely not."

She looked at me again surprised, blinking, and then, without moving her eyes, looked inward. I turned toward the plaza while Clara contemplated her past. The terrible man applied his tool with dull blows against a log. I was able to see that he had several more logs, long and thick like an arm, and that his tool was little more than an ax, a kind of sharpened stone.

"Let's see," Clara said... "Perhaps... No, it's best if I start from the beginning."

"She took a pen out of her purse and unfolded a newspaper on the bench where we were sitting. She looked tense, Clara; I caressed her cheek and said Calm down, kitten.

"Okay, first, obviously..." she said, and wrote some initials in the newspaper's margin. *ECJ*.

Her first boyfriend. I don't know why, but it seemed tender.

She hesitated, then wrote *MAH* under them, marked through them, wrote *LCH* and said yes. She thought for a few seconds, the tip of the pen between her teeth, and then wrote down, all at once:

ABS

NCC

DFT

RCV

JMP

She wrote *UMM* beside the third and fourth and drew a very elegant bracket to indicate that those initials went there, that it was important that they were like that. Like this: *UMM!}*

Later she seemed to forget why I was with her; in reality she seemed to forget completely the objective of the memory exercise because the light returned to her face and she began to have fun. She said:

"The guy from the party at Imanol, the bald guy, what was his name?... oh, yeah," and she wrote initials in a strange, vague way: *KW*, or that delicately seemed to coincide with those of an acquaintance of mine: *LRB*.

And also:

"The one from the reggae festival, his last name was... yes, but his name...?" and she wrote down" *D?R*.

A couple of times she wrote a single letter with an annotation to the side, for example: *A (Sandra's friend)*.

When she arrived to the 23rd initial she remembered that I was there, she raised her pen, and said:

"Oh, I'm sorry... I shouldn't..." she closed the paper and put it away, "besides I don't know anything, it's best we just wait."

So we did, in silence. I wanted to say something but I didn't know anything to say that that wouldn't sound pathetic. Besides, all of a sudden, I was overcome by a feeling of fragility that I was afraid would destroy me. And this image: my body like a bomb, my veins a conduit of an accursed fluid, me something that she had to run away from. Pins, needles, spikes causing me to explode. My hand began to tremble and I put it in my pants pocket.

"It's time for my appointment," Clara said.

I replied, "Let's go," at least I tried, we went into the office, I accompanied her to the examining room where they were waiting for her, she entered, I sat in the waiting room; however, staying there became unbearable, with all the other human bombs, with all those little boys and little girls chewing their fingernails. I fled to the plaza.

The terrible man was on his knees but his body was straight. He had carved deep angular shapes into the logs and had shaped them into something that was a trio of crosses or an arsenal of stakes. He grabbed his object and hit it forcefully against the ground until the logs fit together. He panted and bellowed as he struck it. The pedestrians passed by without paying attention to him. Finally he stopped exerting himself and rested his forehead on the object. He stood up, stumbled, and scanned his surroundings. I could see him: his eyes were almost transparent, and he had a continental stain on his right cheek. He fixed his stare on a point where nothing was happening and turned toward it. Before I reached the edge of the plaza a car stopped exactly in that spot. A man in a tailored suit and dark glasses got out and the terrible man walked up to him as if to hand him something, but instead he raised his terrible object and let it fall on the man's neck.

"Are you still alive?" someone asked from behind.

Clara. Clara with a huge and fleshy smile.

"Of course there was nothing to worry about, silly," she said, and it hit me. "What's going on over there?"

A small crowd gathered around the spot where the man and the subject were. I couldn't make anything out, but I was able to see, above the bystanders' heads, the terrible man's bloodied object raised, its points glistening red. ∎

Originally published in El Perro (literary magazine)

Questions about
the Spread of Mildew

ÚRSULA FUENTESBERAIN

I examine the water spots on the ceiling. They are black. They are swirly like traces of smoke.

While I lie in our bed, looking at the ceiling, I can trace the silhouette of a baby that reminds me of Daher. My son is not in his crib. Did you take him to daycare? And Omar, why did you leave for the bank so early? You didn't want to bother me? What if I told you about all the things I do instead of writing my thesis while I wait for you and Daher to come home?

I alphabetize our records: Arrolladora Banda El Limón, Banda Machos, B.B. King, Cole Porter, El Recodo, Elvis Presley, Frank Sinatra.

Do you remember that when we had been dating for about a month, I made you a mixtape with my favorite songs? You wanted to know why I only listened to gringo music for old people. I told you that when I was twelve years old I spent a summer in Tucson hanging out in the kitchen of the diner where my grandma used to work while my mother went to pick limes and tangerines in northern Arizona. There, while sitting on the pistachio green booths, I heard "Unforgettable," "Fly Me to the Moon" and "Always on my Mind" for the first time. My Granny gave me a quarter every day so I could play the individual jukeboxes in each one of the booths, and I pulled out my English/Spanish dictionary so I could select the three songs with words unknown to me.

When Daher was restless, I'd place the earphones to my belly and play him "The Tennessee Waltz", "Blueberry Hill", "What Difference a Day Makes" or some other slow song by Tony Bennett. You'd get jealous because you wanted to play him one of your records, but *banda* music and *cumbia* cannot lull a baby. You confessed that you were afraid that he'd be labeled a faggot if he was ever heard singing old people's music in English. I used to tell you that it would be ok if our son had tastes that were different from the people in Hermosillo, plus we had named him Daher: like the highest peak of a mountain, the one that stands out.

I keep arranging my records: Intocable, Joan Sebastian, Johnny Cash, La Sonora Santanera, Nina Simone.

Now, when you are not here, time is different.

I sense sounds that I'd never heard in the building before: spoons that stir the sugar in the coffee cups, the flapping sound of the clothes hanging on the roof clothesline, hands peeling vegetables, fingers drumming on a countertop, a little babbling mouth, the refrigerator sighing, a family of bats unfolding their wings and flying out into the twilight from our window sill.

The first time I saw bats, I asked you to kill them. I told you that those winged mice made me sick. You took me back to the window and showed me how they hunted insects. People from my town say that bats are guardians, they not only eat bugs but souls, that is why you have to respect them, you told me, and you made room between your chest and arm so I could cuddle with you close to the window. Their bodies flew in eights and z's and other unidentified signs by the purple clouds. When the sun fell down we could no longer see them. You opened the window and told me to hear closely. I knew that bats send out ultrasound waves and use some kind of sonar to navigate and find their prey in the dark, but I would never had imagined what I heard when I pull my head out of the window, their clicking sounds were like invisible paths.

I take a bath. I turn on just the hot water. I like to look in the mirror and find the steam.

I masturbate furiously. I can't ever cum.

I listen to that record in which Nat King Cole sings in Spanish. My Granny was playing it the first time you came to my house to watch TV. You tried to kiss me, but I dodged you. I asked you to hold me a little. I had to imprint that moment in my brain and I rested my head on your shoulder. It was me who kissed you afterwards. Do you know the forces brought into action when two mouths come in contact?

When a person dies, body heat drops one degree Celsius per hour until it reaches room temperature. Then the decomposition begins. But what happens to a body that's on fire? How long does it take a tiny body of only twelve kilos to disintegrate in a room that's seven hundred degrees Celsius? And what about forty nine bodies that are just as small?

You hate it when I ask you questions that you don't know how to answer, but I've been like that since I was a kid. When I was eight years old, I pestered my Granny, until she bought me The World's Almanac and Book of Facts. From it I learned why Jews marked their homes with lamb's blood, what makes up carbon monoxide, who Herod was and how long it takes a person to faint when experiencing extreme pain.

Estás perdiendo el tiempo...pensando, pensando, Nat sings. His tongue rolls over the r's in slow motion like a wave of lava.

I climb on the bookcase, on the TV stand, onto the shelves with the toys. If we drew an algorithm to calculate the entropy of reaction over our ceiling, do you think the traces would look like the residual coffee grounds that revealed to you that I was expecting Daher? How would the fire spread if the curtains caught on fire? What could have been the longitude of the first flames that burned through the daycare center's awning?

While I'm perched over the cupboard, I examine the mold spots on the kitchen ceiling. Could there be a mathematical formula to predict the spread of mildew?

I put on that green dress that you like so much. I take it off and put it on again, just so I can feel it against my skin. I can barely perceive its satiny caress. I miss your hands.

I brew some coffee; not to drink it, but to watch its vapor in the dark. My college books explain how Joule was able to determine the mechanical equivalent of 4,180 calories. Plastromancy is nowhere to be found in my books, but it does show up in Google, and there it says that if you throw a turtle's shell in the fire and it shows pointed patterns, a loved one will leave you.

My professors say that a chemist only considers an answer valid if it can be proven in a lab, but I think that the origins of an explanation are irrelevant.

I look for my pills. I search through my drawers, I empty the closets, I check under the furniture and between the books. Damn you, Omar! Did you flush them down the toilet again?

I break all of our china. It pisses me off when you don't understand that the pills help me so I won't need to find answers.

I see the terrified look on your face when you come through the door. I throw myself at your feet. I say to you, Omar, where is my baby? Is he at the hospital now? Why was he one of the last children who were pulled out of the daycare? Did they took him out from the opening that one of the parents made with his pick-up truck? What if we were wrong? Are you sure that was his body? What if under the headstone labelled Daher Omar Valenzuela Contreras lies a child that is not our son?

You pick up the broken plates without looking at me. Once the floor is clean, you pack your things.

I watch you sleep in Daher's room, in the bed we bought him for when he grows out of the crib. Why don't you ever sleep in our bed? Do you see my body drowning in a sea of vomit and white pills?

You tried to wake me up. You shook me, cleaned up the vomit, blew into my mouth, and gave me chest compressions. When did you realize that I was no longer there?

I unpack your bags. I carefully put every tie back in its place in our closet, and place every shirt on its hanger. Did you know that two isolated systems can remain in thermal equilibrium when they come in contact as long as "contact" means an exchange of heat, but not of particles?

When you wake up and see what I did, you fall to the floor, curl up and then you cry. I hug you, but you shudder and jolt away. Why do you want me here if you are gone? I have no tears left for the dead! you yell at me. You get up and take all your documents out of the desk and leave without looking back.

I scratch at the door that you slam as you leave. I howl your name. I curse you. I sink my teeth into the frames of the doors. I pick up the scissors and cut up the sheets and reduce them to shreds. I tear up the pillows until they are just crumbles of white pillow stuffing.

I play the Nat King Cole record and pull the dress on. When my head surfaces through the green satin, the bed is made and the pillows are intact. My pills are back on my night table where I always keep them.

I need to take a higher dose tonight, so that when you and Daher get home, you can find me calm. I'll prepare Daher a warm bottle of milk, and I'll serve you shredded beef tacos. I'll show you how much progress I've made on my thesis and when I take Daher to his crib, I'll tell him that when he starts kindergarten, his mom won't be a pharmacy employee anymore, but a graduated Chemist.

I take a pill for every hour that I wait. I close my eyes; Nat lulls me to sleep: *Por lo que más tú quieras, ¿hasta cuándo? ¿hasta cuándo?*

I wake up and you're not in bed. Why did you leave for work so early? I see Daher's silhouette on the ceiling. He's not in his crib. Did you take him to daycare? ∎

This short story was a finalist at the 2°. Premio Nacional de Cuento Fantástico Amparo Dávila

Kilimanjaro

LOREA CANALES

—The least, the very least that the State should guarantee is our safety, and it can't even do that.

Then, she dialed Luis and told him pretty much the same thing, but with him she could appear more vulnerable.

—I don't know what to do. Miguel has told me not to call him because his phones could be tapped, but we landed past eleven this evening, and I don't even know what hotel to stay in.

—Give me a second, I'm making you a reservation right now. Do you think Miguel will notice if I book it with my credit card?

—I dunno, I brought cash too. He also gave me two credit cards. Why don't I just give you the credit card number?

—How long are you going to stay there?

—I dunno, he told me to start looking for apartments. He wants to buy. I don't know. Ever since this thing with Jorge happened, I'm afraid someone might hurt us. I'm scared.

They said goodbye and he promised to pay her a visit. Luis made her reservations at the Waldorf Astoria, and as soon as she walked into the gigantic lobby, which takes up an entire block, Margarita realized that they wouldn't run the risk of being found there. It was such a crowded public place that even at one in the morning anybody could hang around and not raise any suspicions. Isabela was so agitated after the flight that even though she said she was hungry, she fell asleep before their order of chicken fingers were delivered to their room. She wanted to text Miguel to tell him where she was, but he had already told her that *he* would contact her through one of the cell phones he gave her. She felt so disconnected from her husband. Who was Lucia? Why did she send him so many pictures? And what about herself? It's not like she expected Miguel to always remain faithful to her; that was impossible, but now, over the years she really had believed that when he was away from her, he was actually working. At least she had Luis too. Margarita went to sleep comforting herself with the prospect of all that shopping that she would do the next morning, and thinking about her girlfriends who lived there.

Isabela woke up at five in the morning. For more than an hour, Margarita tried to get her to sleep some more. Margarita had spent the whole night awake and had just fallen asleep. She turned on the TV to try to distract Isabela. Fortunately she found a 24—hour cartoon channel, but by that time she couldn't get rest anymore. She had never felt so lonely and vulnerable before, not even when she came to have an abortion.

Back then, she was twenty years old and she had been dating Alex for four years. What started as not so innocent kissing turned into petting that became more daring and more daring. They sat together in broad daylight in Margarita's living room, where her brothers and the maids passed them by with the clear intention of monitoring them. Whistling and clapping, that's how they warned them. They used to spend the whole afternoon in front of the TV, while Alex's hand moved slowly closer, about an inch per hour or even slower. This way, it took him months, years, to arrive to his destination. Margarita had anticipated and desired this. She was also curious about getting it on with him and making him feel the same chills or maybe electricity she felt. She remembered the first time she realized Alex had an erection. They were kissing goodbye, nothing special at all. They were boyfriend and girlfriend, they kissed and had permission to do that much. Anything beyond that was a transgression that lead to sin and emptied into an irreversible cesspool: the loss of her virginity. That's what she had been taught to believe. That was the point at which you fell into the abyss of evil, which led straight to eternal damnation. Margarita was still a long way from losing her virginity, three years to be exact. She saw something growing in Alex's pants and became scared. She stopped kissing him, backed away and pointed at the bulge with her eyes. Alex laughed unashamedly as if this were something that happened to him often.

—Oh! —he said smiling.—That's because I'm wearing boxers today.

It had been a goodbye kiss. The only thing they were allowed. After they finished, Alex headed to his car. His erection was still noticeable. Margarita was frightened. What had just happened? It was just a kiss. She couldn't possibly have such an effect on him. Alex must've been a pervert, a degenerate. She knew those words, but she didn't know what they meant. But, her mind was using them now. There was something abnormal about her boyfriend. She didn't buy the story about the boxers. Ever since she was a child, she had seen her brothers' underwear, washed and folded, in the laundry basket, and she had noticed how they transitioned into the more colorful and fancy boxers that took up at least half of their drawer space. She went upstairs to her room, lay down on her bed and started to cry. She wanted to call him and ask again about what had just happened: if she couldn't trust *him*, then who could she trust? She didn't dare to call any of her friends from school. The dynamics of her group of friends consisted of divulging information, and sometimes distorting it. Margarita had learned not to say too much. There were two girlfriends in her clique that she was close to. She had discussed with them the appropriate rules of dating such as when it was proper to go from a simple peck on the lips to French kissing. But then she had questions: What did dry-humping consist of? Where did the back end and the ass begin? Getting so close as to rub yourself against his body, which was quite enjoyable by the way, would that constitute some sort of violation? The night they had discussed the rules of kissing, her two best friends had boyfriends, but now one of them had broken up, and the other one didn't seem to get along that well with hers. Margarita didn't feel like making comparisons or talking to them them. She didn't want to feel watched or judged. But she had to talk to someone. She reached for a basket where she kept fashion magazines, and threw some on the bed where she could see them. With her other hand, she dried her tears. She was glancing through an old Cosmo when Daniel, her youngest brother, walked into her room. It was unusual for Daniel to come see her. Surely he wanted something from her. Margarita became defensive.

—I won't lend you my car —she said before he could even open his mouth. Daniel had crashed his a week before, and most likely the car was still at the body shop.

—How did you know that I wanted to borrow your car? —Daniel asked as he jumped onto the bed next to her. Though he was closest to her in age, only two years older, she had argued more with him than with anyone else. He was stronger, but Margarita was meaner. That was established the day she smashed his fingers on purpose by slamming the fridge door on his hand. Eventually they stopped fighting so much, to the point that they could go to the same parties and even had friends in common.

—Do you know Clara Sanchez?

Margarita searched her memory. The name didn't ring a bell. She shook her head without taking her eyes off her magazine. She was wondering if she could ask her brother such a question.

—Why are you asking?

—I wanted to ask her out. Isn't she in your class?

—Nope, doesn't ring a bell. What does she look like?

—Short. Blond. Her hair is this long.

—Oh, I know now: Big boobs? Cute?

—That's the one!

—She's a senior. How did you meet her?

—At the party last week.

—You mean at Renata Cassassus' party.

—Yeah, why didn't you go? It was at a real dope country house by Cuajimalpa. They had a mini rodeo.

—I don't remember what Alex had going on that day. I think we went to his grandma's house. So how was it? Did you get drunk?

—Just a little, nothing serious.

—Did you kiss her?

—Stop it! Why so many questions?

—You kissed her! What a slut! That's why you want to ask her out. Did you have a boner?

—What's with you?!

Daniel grabbed one of her pillows and hit her across the face with it. She turned to him and suddenly, in a serious but warm tone, she asked again:

—No, bro, really. I want to know if you get a boner just from kissing.

—It depends.

—On what?

—The kiss...

—Does it depend on the boxers?

—What?!

Margarita didn't want to give further explanations. She was convinced Alex was lying, but Daniel seemed intrigued by her question.

—No, it doesn't depend on the boxers at all.

Margarita raised her eyebrows as if saying: I knew it. But Daniel went on:

—Getting or not getting a boner depends on the kiss. But whether it's visible or not, that has to do with the underwear or the pants you're wearing. If you're wearing jeans and briefs, it's almost impossible to see. Meaning, you get hard, but it stays stuffed in your pants. But if you're at the beach wearing boxers and linen pants, then... whooops!.

He made a hand gesture pointing up and imitating the type of erection Margarita had just witnessed.

—Then, it's like jelly.

—How so?

—It all depends on the mold.

—I'd rather not think about my tweety like that, but if you want to think about it that way.

—Tweety! That's what you call it?

—Yep —said Daniel, suddenly embarrassed to be having this conversation with his sister.

—Does every guy give it a name? —Margarita asked. She wouldn't want to let this intimate opportunity pass.

—I don't know if every guy...

Margarita felt better. Alex wasn't lying. He was no pervert. She realized that she had no clue about the male world. Guys name their penises! She was eager to learn more.

—Do you want me to get you Clara's number? Or did that slut already give it to you?

Margarita grabbed her pillow and hit her brother back. This was the very first time they trusted each other, Margarita thought as she watched her daughter who was still distracted by the TV and regretted not being able to sleep more. Four years after this revealing conversation with her brother, she thought she knew Alex perfectly well. She knew that his dick was called Margarito, in her honor. She knew that he liked to be touched softly, that he had to cum while he was with her or afterwards, otherwise he would suffer horrible cramps in his balls, called *blue balls*. She loved it when he touched her. Week after week, year after year, as hiking enthusiasts they had climbed the seven peaks. Only the Everest remained. He had already sucked her nipples (Mount Carstensz, 16,023 feet high), she really loved it once she overcame her shame. He had touched her with his fingers (Vinson Massif, 16,050 feet). He fingered her (Mount Elbrus, 18,510 feet). She gave him a handjob,

(Mount Kilimanjaro, 19,341 feet). He went down on her (Mount Logan, 19,551 feet). Lastly, she had given him a blowjob, (Aconcagua, 22,837 feet). She didn't enjoy it very much, but she didn't feel disgusted either. Regina had confessed to her that she threw up.

—That's too bad, Margarito.

That's what she used to say every time —which happened a lot—, that he couldn't cum. She never dared to ask what he did with his wet pants afterwards, but judging from her brothers' attitude, she was sure that he just threw them into the hamper with the rest of the dirty clothes without even bothering to think that somebody else had to wash them. She even thought about asking the maid if they had ever noticed anything before, but she didn't even know how to bring up the topic. She simply didn't want to have that type of relationship with the help, or the level of complicity that would inevitably result from it.

It took her more or less a year to prepare to climb Mount Everest. They needed a weekend alone, by themselves, without family and friends suspecting anything. They had to make sure that the help wouldn't snitch. Margarita asked if she should take birth control pills, but Alex said it wasn't necessary. He would wear a condom. Alex was not a virgin. At fourteen, his uncle took him to a brothel. He admitted that he didn't enjoy the experience or the one-night stands he had with some foreign girls in Acapulco. He was convinced that with Margarita it would be different. Finally, the day arrived. Fifteen of Margarita's friends were heading to a ranch in Veracruz. She asked her parents for permission to go and assured her friends that she'd go, but she canceled at the last minute by pretending to be sick. He found a way to use a friend's house in Las Brisas. Since his friend's family didn't know them, the maids and other help wouldn't be a problem. And since it was a house, no one would see them going in or coming out. They would drive to Acapulco. Before the trip, Margarita had second thoughts and she called him. Shouldn't we wait until marriage? Wouldn't it be better to do it during their honeymoon? Alex soothed her. They had nothing to lose. He had two more years before graduation, and he couldn't wait that long. As soon as he graduated, even a year prior, he'd propose. He'd marry her. But this was a different matter. It was exciting, and this adventure would bring them even closer. They had been dating for about four years, and he couldn't wait another week. That's what he said over the phone. Then he stopped talking, and Margarita sensed a warning in his silence. It hurt. Not as much as people said. But it did hurt. She bled. Not much, just a couple of drops. She had brought an extra sheet she bought in Liverpool. She didn't want to stain the ones from the house, though it was barely noticeable. She didn't get to feel the butterflies nor the sparks she used to have when she was with him. She was deeply disappointed. Was that it? Was that all? Alex claimed that this feeling would pass, that little by little it would get better, and that they just needed practice. He even suggested that they watch some porn videos together for learning purposes. Margarita was willing. She wanted to learn. She wanted to satisfy him and to drive him crazy. She gave it her best efforts. The following months, they found the most unsuspected places to get it on: the car, a random corner, the restroom in a restaurant. They took advantage of every single minute of privacy they had. The fifth month, she realized she was pregnant. Ever since she was sexually active, she documented her period on a calendar with the utmost precision. She would anticipate its arrival, and every minute of delay made her anxious. She would wait a day, two, and then the third day she'd start bleeding, confirming that everything was in its place, in its period literally. But the fifth month was November. One day went by and then three days passed. Margarita grew more weary with each hour. She suffered in silence. Alex had no idea, but she did remember that they weren't using condoms every time. He didn't wear one every time. If I pull out before coming, nothing will happen, he assured her. Margarita trusted him. It wasn't possible to get pregnant if he didn't come inside her. Or was it? One week late. Margarita went to the pharmacy and bought two pregnancy tests. That same afternoon, she bought two more. The faint pink line wasn't convincing, but it didn't fade away either. She didn't remember having cried. She didn't remember those moments. Did she picture herself walking down the aisle pregnant? Did she figure the embarrassment of having to tell her parents? She had eaten the cake. She recalled taking a couple of days before telling Alex. When she gave him the news, the pink line in the test was unmistakable.

—I'm not ready for this.

That was his response, with his eyes fixed on his tacos al pastor that he was pretending to eat.—I can't do this.

—What do you want me to do? —she asked quietly.

—I don't know. I don't know. I just can't —Alex pushed his chair back and stood up.

—I have to go.

He left her at the restaurant, without a ride or money for the bill. Most likely he didn't realize it, Margarita figured. He was in total shock. After waiting several minutes for him to return, Margarita called a friend who lived nearby and told her that they had just gotten into a fight. She sensed in her friend's curiosity and pity that she enjoyed the fact that she had fought with Alex. She imagined the malicious gossip and everything they'd say behind her back. She had played her Virginity card and had lost it all. She listened silently as if nothing had happened as her friend talked to her. Then she believed that she had prayed in that moment of total despair, but she wasn't sure. What did happen was that her friend told her about a New York shopping trip that she was planning. Pilar's mother had an apartment there and she was inviting them all. They just needed their airline tickets. Some of them already had tickets to Broadway. Her friend was encouraging her to come.

—Yes, Margarita said.—That sounds cool.

In a matter of seconds, everything was resolved. That same night, she was given permission and money to go shopping. Then she spent hours on her laptop browsing and researching, until she found out about Planned Parenthood. She had found the place. Since she was legally an adult, it wouldn't be a problem. She even had money left over for shopping afterwards. It hurt a little more than losing her virginity, but not that much. She was less than a month pregnant, so it was a simple procedure. She never regretted it. When she returned to Mexico, she broke up with Alex. It was through a simple phonecall. She just told him: it's over. That really hurt her. She cried over Alex for years. Though they were part of the same group of friends, they managed to avoid each other without a problem. They only ran into each other in three different occasions. They never discussed the subject. Nobody ever found out. None of her male friends from back then asked her out again, but she thought it was because they were so possessive and jealous that they didn't want to go out with someone who had dated another guy for so long. When she started dating Miguel, she felt guilty about not being a virgin. She was afraid he'd reject her. One night, after some heavy petting, she confessed to him:

—I'm not a virgin.

—Me neither —Miguel responded.

And he went back to kissing her. ∎

Authors

Alberto Chimal (Toluca México, 1970) Has published dozens of short story books such as 83 novelas, *Grey* and *Éstos son los días* (this one awarded with the Premio Nacional de Cuento INBA 2002). Author of *Los esclavos*, a novel and the essay book La cámara de las maravillas. His second novel *La*
Torre y el Jardín was a finalist on 2013 for the international novel award Premio Internacional de Novela Rómulo Gallegos 2013, one of the most prestigious in spanish language.

Chimal teaches Comparative Literature at Universidad Nacional Autónoma de México and workshops at Universidad Iberoamericana and Universidad del Claustro de Sor Juana. He was a jury for Caza de Letras, an internet online workshop-award organized by UNAM throughout 2007 and 2010. Currently he is member of the Sistema Nacional de Creadores de Arte, Mexican institution that sponsors artist s works form several fields.

Some of his writings have been translated to English, French, Italian, Hungarian and Esperanto. He is considered one of the most talented and original writers of his generation, pioneer of digital writing, he posts in his blog ⊕ www.lashistorias.com.mx

 **Erika Mergruen** (Mexico City, 1967) poet and fiction writer. Has published the poetry books *Marverde* (1998), *El El osario* (2001) and *El sueño de las larvas* (2006); the short story books *Las reglas del juego* (2001) and *La piel dorada y otros animalitos* (2009); An autobiobraphy *La ventana, el recuerdo como relato*
(2002); flash fiction book *El último espejo* (2013), the novels *La casa que está en todas partes* (2013) and *Todos los vientos* (2015) She a columnist for the newspaper La Jornada Aguascalientes. 🐦 @mergruen

Isaí Moreno (Mexico City, 1967) Writer. He
is the author of the novels: Pisot (Awarded with the Juan Rulfo prize for first novel
on 1999) and *Adicción* (2004), works that
he wrote while obtaining his Ph.D. in Mathematics at the Universidad Autónoma Met-
ropolitana. *El suicidio de una mariposa* (his

third novel, published by Terracota on late 2012) was finalist for the
award Premio Rejadorada de Novela Breve 2008 in Valladolid, Spain.
He teaches workshops on writing novels and he is teacher-research-
er at the Universidad Autónoma de la Ciudad de México in Creative
Literature. He collaborates in several literary magazines, cultural
supplements and blogs such as Nexos, Letras Libres, La Tempestad,
Lado B, Nagari Magazine and others. His short stories have been
published in anthologies such as: *Así se acaba el mundo* (Ediciones
SM, 2012), *Tierras insólitas* (Almadía, 2013) y *Sólo cuento* (UNAM, 2015).
In 2010 he obtained his B.A. in Hispanic Language and Literature
with his thesis: *Hacia una estética de la destrucción en la literature.*
Since 2012 he is a member of Sistema Nacional de Creadores de Arte
de México. 🐦 @isaimoreno.

Yuri Herrera (Actopan, México, 1970). Studied the Bachelor in Political Science at UNAM
and Masters in Creative Literature at the
University of Texas, El Paso. He has a PhD
in Language and Hispanic Literature from
University of California (Berkeley). Currently he has a teaching post at Tulane Univer-
sity (New Orleans). His short stories, articles, chronicles and essays
have been published in newspapers and magazines from USA,
Latinamerica and Spain such as: El País, Reforma, La Jornada, El
Malpensante, de Letras Libres, War and Peace, also he has been included in several anthologies. He was founder and editor of the literary magazine *el perro.*

His novels are, *Trabajos del reino* (Periférica, 2008), *Señales que
precederán al fin del mundo* (Periférica, 2009), y *La transmigración de
los cuerpos* (Periférica, 2013).

Úrsula Fuentesberain (Celaya, Guanajuato 1982). Writer and journalist. Her first short story book is *Esa membrana finísima* (Fondo Editorial Tierra Adentro, 2014). Her short stories have been published in nine anthologies, the most recent ones are *Emergencias: Cuentos mexicanos de jóvenes talentos* (Lec-

torum, 2015), *Pide un deseo* (Tusquets, 2014) y *Lados B* (Nitro Press, 2014). With the support of the Fulbright-García Robles scholarship, she studied the masters of creative writing at Sarah Lawrence College. The short story included in this collection was a finalist at the 20. Premio Nacional de Cuento Fantástico Amparo Dávila and will be part of the anthology of this same award published by Libros Pimienta.

Lorea Canales Author of *Apenas Marta* y *Los Perros*, acclaimed by the Mexican critic as the best novels of 2011 and 2013. Lorea Canales belongs to a new generation of global writers. *Becoming Marta* published by Amazon Crossing in English was honored with the International Latino Fiction Award, and its publication in Polish.

Lawyer, journalist and novelist she earned her Masters in Law at Georgetown University in Washington DC where she worked as a lawyer before joining the newspaper Reforma as a legal correspondant. She taught Law at ITAM. Since 2000 she lives in New York where se contributes to several Mexican publications. Studied Creative Writing at New York University where she earned her Masters degree in 2010.

Made in the USA
Lexington, KY
16 June 2017